Acre

Lucrecia Zappi

Acre

todavia

para Victoria

I

Eu só lembrava do sinteco novo quando chegava em casa. Não estava de mau humor, mas não era possível que nem eu nem a Marcela, que ninguém nesta casa pensasse antes de sair que o sol estaria forte – hoje mais forte que ontem, e amanhã mais forte que hoje – e faria o sinteco crepitar até no escuro. Agachei para sentir nos dedos a madeira machucada, e pensei no cara que tinha passado o fim de semana ajoelhado no chão da nossa sala, falando da vida no celular, a gente comprando lanche para ele, o sujeito enchendo o saco, tudo para eu me ver parado ali, mais uma vez lamentando minha distração, enquanto o sol já tinha ido e voltado quinhentas vezes no horizonte. Contemplei por um instante a claridade da noite que se espalhava pela sala e fechei a cortina.

Ao dar as costas para a janela, notei uma silhueta na penumbra: era Marcela sentada sobre a bancada da cozinha americana, como ela gostava de chamar aquele vão sem porta.

Pensei em começar perguntando por que não fechara a cortina. Ou que era esquisito que ela ficasse daquele jeito no escuro, com as pernas balançantes como se fosse uma menina pequena demais para alcançar o chão.

O que você tá fazendo aí, Marcela?

Nada.

Não vai dar pra adivinhar que mistério é esse.

Mistério nenhum.

O cara acabou de passar sinteco. O sol tostou o chão, olha isso, Marcela. Você deixou a cortina aberta?

Não.

Marcela. Tá. Acende a luz. O que foi? Por que você tá aí sentada desse jeito no escuro?

Ela alongou o corpo até o interruptor e tapou os olhos para se proteger do clarão súbito. Minha mulher parecia mesmo uma criança em cima da bancada, com os pés longe do chão.

Tá me vendo agora? Com a mão ligeiramente elevada diante do rosto, Marcela passou de criança a um desses anjos de cemitério, que escondem o rosto das trevas. Você não sabe quem subiu comigo no elevador.

Quem?

O Nelson. O de Santos.

Achei que esse cara tinha morrido.

Então. Ele pode ter sumido, mas não morreu. Reconheci na hora por causa da falta de cor nas mãos, subindo pelos braços. Lembra que ele tinha vitiligo? Lembra, Oscar?

Sim. Lembro.

Aumentou.

Não queria saber de vitiligo nenhum, nem o que esse sujeito viera fazer no nosso prédio. Visualizei os dois no passado. Estavam sentados na areia, Marcela apoiava o torso contra o dele, deixando que aquelas mãos brancas lhe acariciassem a barriga adolescente.

E pra onde ele foi?

Como assim?

Desceu em qual andar?

Marcela contornou a sobrancelha com o polegar, abarcando no gesto a dor de cabeça diante do inesperado e o cansaço do fim do dia. Deslizou da bancada e abriu a torneira. Nem pareceu notar que a água saía em pequenas explosões de descarga amarela. Eu ia avisar que tinham fechado o registro durante o dia para a limpeza da caixa-d'água quando ela começou a lavar as mãos. Só no momento de fechar a torneira de volta foi que reparou a saída da água em pequenos jatos irregulares e explosivos.

Ué. Tem racionamento de novo no prédio? No restaurante não faltou água hoje.

Não, limparam a caixa.

Desde que Adriano se tornara síndico, esse tipo de manutenção acontecia com certa frequência, o que para mim refletia o fato dele ser médico-cirurgião. O cuidado clínico me parecia natural para alguém que passava grande parte do tempo na sala de cirurgia da Santa Casa de Misericórdia, aprimorando cortes no útero com bisturi, protegido por touca, máscara, avental, luva e propé.

Marcela pegou uma xícara da pia, examinou a borra do café endurecida no fundo da louça e me encarou sem paciência. Quis saber se eu continuaria ali, preocupado com a vida alheia. Sujou a ponta do dedo no pó seco e o levou à boca. Contraiu os ombros. Ela tinha disso, provar as coisas e contrair os ombros. Um dia acabaria se envenenando. Deu as costas para ensaboar a xícara, apesar da falta de água.

Que foi, Oscar?, perguntou sem se virar. Estava ocupada.

Não, nada. Mas entro em casa e te encontro calada, no escuro, e aí você me conta a história do elevador. Eu diria que você ficou abalada.

Essa é boa. Eu. Abalado ficou você, defendeu-se sem alterar a voz.

Minha mulher voltou a sentar na bancada, do lado do armário embutido, outra obra sua. Seus dedos alisaram o granito.

Vai, Oscar, Marcela disse em seguida, esquece isso. Sua voz saiu débil, mas firmou-se ao me encarar com um sorriso oficial. Só encontrei o Nelson no elevador. Uma dessas coincidências da vida.

Estive a ponto de dizer que seguramente não era uma coincidência, mas mudei de ideia. Não queria que ela se irritasse, tampouco desejava parecer um homem inseguro. Não iria me submeter às minhas próprias acusações. Mesmo que fosse difícil acreditar que, do nada, o cara entrasse no elevador do nosso prédio trinta anos depois.

Marcela voltou a apoiar as mãos na pedra polida. Buscou com os dedos os esconsos de um caminho que terminaria em um recorte de gaveta. Coçou a axila e manteve a cabeça inclinada, com o olhar cristalizado a meia altura. Um anjo de pedra. Pensei no gosto amargo do café na sua boca.

Em que andar ele desceu?

Saiu comigo, amor. Ia até a dona Vera Panchetti.

Aqui do lado? Fazer o que lá?

Disse que era filho dela. Vê se pode. A mulher passa a vida falando do menino que mora longe e acaba sendo ele.

Nossa. Isso aqui tá ficando cada vez melhor. Chegou com mala?

Não. Talvez já tivesse chegado antes, vai saber. Não imagino que ele tenha vindo sem nada.

Vindo de onde?

Marcela não respondeu. Ficou pensativa por um momento. Viu, Oscar. Não era hoje?

O quê?

Passou a mão na parede e desviou o indicador na direção do calendário. O cara disse que vinha arrumar essa rachadura quando?

A imagem que Marcela passou a observar era uma cena de construção. A foto do mês de março não tinha nenhuma nuvem no céu, era só uma paisagem potencialmente abrasiva, de um lamaçal com maquinário antecipando uma estrada, mas que não passava de um descampado de barro com tratores parados em fila.

Pensa na Vera, vendo o filho chegar em casa depois de tanto tempo.

Ai, que emotivo que você fica, Oscar. Deve ser porque ela de vez em quando te chama de filho. Tô sentindo uma ponta de ciúmes.

E ele ainda tem aquele jeito?

Jeito de quê? Oscar, não implica. Só trombei com ele. Mais nada.

Escutei o som engatado dos cabos do elevador. Especialmente no início da noite, quando o movimento no prédio aumentava, é que se ouvia com mais intensidade. Fazia onze anos que morávamos ali, no nono andar, bem embaixo da casa de máquinas. Antes, havíamos passado dezoito anos em uma quitinete na praça Roosevelt quando saímos de Santos, já casados.

Marcela e eu, quem diria. Apesar de não ser mais adolescente, até hoje sinto um certo pudor ao lembrar de quando me despi na frente dela pela primeira vez.

Marcela massageou as mãos com vigor para que o creme penetrasse bem. Guardou o frasco na bolsa, disfarçando o próprio gesto. Dava a impressão de estar ali só de passagem, como se nossa sala fosse saguão de rodoviária. Ou de aeroporto. Seus ombros estavam sempre tensos, como se ela concentrasse toda a sua força ali ou se sentisse constantemente sitiada por gente como eu, que vigiava até sua postura. Se eu lhe perguntasse, diria que não sabia do que eu estava falando, que ela sempre fora assim.

Comia sucrilhos na frente da televisão com os pés cruzados sobre a mesinha diante do sofá. Toda uma vencedora. Notava-se no olhar fixo, com o controle remoto na mão. Quando queria algo era só olhar na minha direção, porque sempre gostei de adivinhar seus pensamentos, mesmo que fisgasse apenas aqueles desejos mais simples, ao alcance das minhas mãos.

Considerava-me um romântico por isso, não porque estivesse sempre à sua disposição, mas porque apreciava as banalidades que nos rodeavam, almofadas e coisinhas miúdas que eu trazia da cozinha com prazer, mesmo quando ela tensionava o corpo rejeitando minha devoção. Com os anos, nossas noites foram se tornando um equilíbrio delicado de gestos e observações invisíveis. E se por acaso faltava espaço para Marcela, quando não era a televisão, o som aveludado do elevador a resgatava dali.

A cruz que levava esquecida sobre o peito tinha um brilho velho. Era uma letrinha t de ouro riscado que a acompanhava há séculos. Certa vez, falou que aquela joia lhe dava um sentido de direção.

Não por Cristo, deixou claro. Tá vendo? Não é superstição. É como os quatro pontos cardeais.

Lembro do metal colado no suor do seu peito adolescente, a corrente sobre a pele arrepiada e o esbranquiçado de sal que se estendia pelos seus ombros. Ela, sozinha com a mãe pobre, sem educação, na ponta da praia. E Nelson sempre por ali.

Talvez Marcela não gostasse de se expor. Fazia anos que eu não a via de biquíni e ela tinha deixado de carregar o negro do lápis ao redor dos olhos, como costumava fazer. Hoje em dia até poderia se passar por paulistana, sem tempo para nada. Do tipo que se orienta pela memória mais recente.

Viu, Marcela?
Ela franziu a testa e me olhou.
Marcela.
Seus olhos vagaram sem rumo pela casa. O apartamento inteiro estava lixado, preparado para a primeira mão de pintura.
Vi, Oscar. Você acha que ele voltou pra ficar?
Não sei. Por que a preocupação?

Não, nada. Perguntei por perguntar. Marcela inclinou a cabeça na direção da axila, consciente do próprio cheiro. Vou tomar um banho. Fez calor hoje e agora essa friaca.

Olhei para Marcela. Tentei imaginar a cara da dona Vera ao reencontrar o filho. Inclusive ela mesma já devia duvidar da existência dele. Falar a esse respeito fazia parte da sua solidão de anos, da sua ansiedade dolorosa. Avançava com calma aflita nos assuntos que mexiam com ela, que eram praticamente todos, cautelosa como quem assopra uma ferida com mertiolate. Se sabia da volta do filho, guardou segredo.

Marcela saiu do banho vestindo moletom e um casaco de lã. Veio com uma toalha no topo da cabeça, bem firmada como um suspiro. Estudei seu rosto em destaque por causa do talco aplicado nas axilas, que acabara subindo pelo pescoço. Os olhos inflamados lhe davam um ar bonito de tragédia. Minha mulher abriu os braços ao sentar, como se exibisse os detalhes de um quimono inexistente. A boca emburrada, mas dura como uma maçã, e o queixo um pouco levantado, inquisitivo, tinha algo de libidinoso.

Você tem talco até as orelhas.

Pois é.

Tá com fome?

Não tem nada de comer. Faz um suco pra mim?

Levantei sem dizer nada, espremi três laranjas e pus o copo na sua mão. Algo mais?

Na casa da vizinha, a televisão estava ligada no horário de costume. De vez em quando o som da novela se misturava ao arrastado das correntes que iam e vinham da casa de máquinas. Nada fora do comum, eu pensava, até que notei um ruído no corredor. Foi como se o espaço entre o passado e o presente tivesse encurtado. Em um impulso fui até a porta, mas não abri.

Marcela riu. Você tá de sacanagem comigo, Oscar. Tá achando que é ele? Endireitando-se no sofá, deu duas batidas na almofada do seu lado. Vem, senta.

De fato, imaginei Nelson bem ali, primeiro no corredor, em seguida empurrando nossa porta, que estaria aberta, falando alto. Então ele entraria no nosso apartamento, indo direto até a janela. Abriria as cortinas, notando que dali dava para ver bastante céu, que nem na casa da mãe dele. Realmente uma vista magnífica. O que nos tornava iguais.

A ideia de comprar o apartamento da dona Vera foi de um cliente antigo da loja, ele próprio tinha negociado alguns imóveis assim. Era um cara que não comprava mais nem uma lâmpada. Só passava ali para ocupar meu tempo, debruçando-se no balcão. Para reforçar a lógica da aquisição do imóvel, lembrou ainda que, como se tratava do apartamento do lado, seria um ótimo investimento. No futuro eu poderia optar por viver em um espaço duplicado. Isso quando a dona atual se fosse desta vida. Para uma melhor.

A verdade é que dona Vera ficou bem aliviada quando começamos a quitar as dívidas dos seus dois cartões de crédito, além do condomínio que ela não pagava havia anos, tudo em troca do apartamento. Fizemos um acordo no papel estabelecendo que ela continuaria morando ali.

Então fica tudo igual, ela concluiu.

Sim, claro. Mas por que dois cartões de crédito, dona Vera? Eu só tenho um.

Não fossem as contas da vizinha, estaríamos um pouco mais folgados de dinheiro, observou Marcela. Lembra que ainda tem o financiamento do nosso apartamento, além da reforma do restaurante pra ser feita.

Marcela redesenhou a sobrancelha com o polegar. Olhou para a frente, determinada a não cooperar. Ainda assim, ela concordava que o apartamento ao lado era uma oportunidade única. Por isso a rachadura na parede, lembrança do arco que antes unira os dois imóveis, não a incomodava tanto assim. Gostava até de olhar para aquilo, imaginar que um dia o arco se abriria de novo, em todo o seu esplendor, para um salão com dois ambientes.

Em um momento sonhador, algo raro para ela, porque não gostava de devaneios, Marcela propôs a cor lilás. Lilás seria uma mudança profunda, suspirou.

Pois é. Olhei para Marcela e me veio a lembrança de que desde o Carnaval o cara do sinteco deveria ter começado com a massa corrida.

Olha isso. Mostrei a parede. Era isso o que você me dizia, né? Que o cara tinha que ter começado pelas paredes, não pelo chão.

Marcela não respondeu.

Nos últimos tempos, ela e eu não conseguíamos tomar decisões. O pedreiro foi entrando com o serviço e acabamos improvisando duas noites sobre um edredom no restaurante.

Levantei para levar o copo vazio até a bancada da cozinha e o interfone tocou. É o vizinho do 4D, avisei.

Marcela, arrancada dos seus pensamentos, olhou para a porta. O Adriano?

É, ué. Lembra que você chamava o Adriano assim? Com letra e número?

Ele ainda é o 4D. Só que agora frequenta o 9A na hora que quer. Ajeitou devagar a toalha sobre as orelhas. Que saco essa vida de prédio.

Fala pra ele subir, Décio, respondi ao porteiro e abri a porta para que Adriano não tocasse a campainha e Marcela não continuasse me olhando com aquela cara.

Ao girar a chave, aproveitei para espiar. Não distingui nada estranho na casa da vizinha, só se ouvia a televisão ligada.

E o movimento do elevador que parou no nosso andar. Adriano empurrou a porta.

Fala, são-paulino. Que recepção é essa, fica me esperando na porta do elevador? Daqui a pouco você vai me buscar em casa.

Adriano era o simpático típico, injetado de energia positiva. Voltava do hospital vestindo jaleco e nos fins de semana não tirava o bermudão. Falava de todo tipo de coisa com o mesmo grau de relevância, com um pedantismo detalhado, desde a limpeza da caixa-d'água até a fila de espera do pronto-socorro. Quando entrava no nosso apartamento, costumava elogiar a vista da praça com o entusiasmo de sempre, lembrando que seu apartamento dava só para os fundos, um pátio escuro cheio de varais.

E aí, gente?

Continuamos na mesma, disse Marcela, olhando para mim. Senta.

Era óbvio que não havia reciprocidade entre minha mulher e o síndico. Pelo menos Adriano tentava.

Vistão, hein?

Quer um baseado, Adriano? Eu ficava envergonhado pela falta de boa vontade da Marcela. Vai, amor, enrola pra gente, falei.

Marcela sorriu. Claro que sim, ela disse. Seu semblante revigorado pelo banho não me enganava. Passa a caixinha, amor?

Vocês ficaram sabendo que o tal do filho da dona Vera chegou aí? Achei que o cara não existisse. Sinceramente.

Marcela se endireitou no sofá. E acredita que a gente conhece ele desde a adolescência?

Ah, vá. Sério?

É. Conheci a Marcela em Santos na mesma época. O Nelson, que também é de São Paulo, foi morar lá. Isso foi em 87, 88. Fiquei dois anos em Santos e voltei já casado com a Marcela.

Aê, Oscar, você não dá ponto sem nó. Mas o Nelson que vocês conheceram lá de Santos é o Nelson filho da dona Vera? Vocês nem imaginavam que era a mesma pessoa?

Não. Parece que a mãe mandou o filho embora às pressas, mas ele ficou pouco tempo lá, uns três ou quatro meses. Acho que antes o cara passou pela Febem, então a mãe se apavorou e mandou o menino pra família em Santos.

Febem? Não diga, exclamou Adriano, sem entender a importância do que eu lhe contava, a não ser o perigo de ter um sujeito de temperamento instável no prédio. Então o cara é um delinquente?

Pois é, Adriano, disse Marcela, olhando-o à distância, sem vê-lo, mesmo que ele estivesse sentado ao seu lado. Um delinquente. Para ela, Adriano não era apenas brusco. Era um sujeito pegajoso, difícil de se livrar.

Eu ia justamente perguntar o que vocês achavam dele. Sei lá, a opinião mesmo. Mas se ele é amigo, beleza. Deixa quieto. Ou não é amigo?

Por quê?

Não, nada. Cruzei com o cara na portaria e achei ele meio esquisito. Repararam que ele tem vitiligo nas mãos? É o tipo de coisa que me dá aflição.

Coisa ótima de ser dita por um médico, comentou Marcela com um sorriso. Espero nunca ter que ser tratada por você, Adriano.

Pois é, cada um que me aparece assim no hospital. Fico até com vontade de perguntar se o cara enfiou a mão no balde de alvejante. Adriano riu sozinho. Mas agora falando sério. O cara é todo esquisito, meio tosco, cheio de atitude.

Impressão tua, disse Marcela, esmiuçando a erva sobre a seda acanoada entre os dedos. Molhou o papel delicadamente com a ponta da língua, amaciando antes o sorriso para o vizinho.

Deve ser impressão minha. Pelo menos a dona Vera deve estar contente, coitada.

Marcela me olhou. É, coitada. O filho acabou de chegar do Acre. A Vera sempre disse que tinha um filho engenheiro, lembra?

Adriano nos observou, distraído. Estendeu as pernas. Brincou com o chaveiro nos dedos sem soltar o celular da mão, esperando sua vez para tragar. Ultimamente nosso sofá servia, para Adriano, de transição do trabalho para sua casa.

Vinha direto da Santa Casa. Lia-se no bordado do jaleco os títulos de ginecologista e obstetra, profissões irmãs que validavam seu gosto pelas mulheres e sangue, como ele dissera um dia. A implicância de Marcela com ele começava só de olhar para aquilo.

Só sei que é difícil acreditar que esse cara seja um engenheiro civil de gabarito, que cava estradas no Acre. Vocês, que são vizinhos de porta, já devem ter ouvido essa história da dona Vera, ela conta até pelos corredores.

Sim, sim, reagi, observando a bituca retorcida morrer na mão dele.

E vão fazer o quê, hoje? Se quiserem, tem comida lá embaixo. A Ana fez uma lasanha, ela acabou de me avisar que tá no forno. Não é a comida do Kidelicia, né, Marcela, mas não deve estar ruim, não.

Imagina, Adriano.

Agora como amigo, Marcela, você tá muito magra. Adriano fez estalar o pescoço endurecido. Pelo menos vem forrar o estômago, tem que ficar com uma aparência mais saudável. Ainda mais com vizinhança nova. Hein, Oscar? Tem que cuidar do que já é bonito.

2

Não houve mudança oficial para Santos. Pensei que iria por um fim de semana, mas dois dias viraram dois anos. Em 1987, eu tinha dezesseis e minha mãe estava nas últimas.

Fui parar na casa da Tuca, amiga de infância dela, e, embora estivesse acostumado a me virar sozinho, senti que minha vida ficara amarrada à casa daquela mulher com quem eu não tinha grandes intimidades. Ela morava na avenida da praia, na Bartolomeu de Gusmão, do lado do terreno baldio da esquina. Era uma paisagem inesperada e arrebatadora para um adolescente vindo do centro de São Paulo. O som das ondas servia como distração, além das gaivotas que pulavam a janela em busca de sobras nos pratos.

Tuca morou uns tempos com meus avós, por isso devia algum favor à família, mas dessa história eu sei pouco, assim como da infância da minha mãe em Santos. Acertou-se que eu ficaria com sua amiga até que as coisas se resolvessem. Foi o que meus pais decidiram, entre idas e vindas do hospital e cálculos desesperados para pagar o tratamento, sem contar os cheques devolvidos pelo banco.

Não tem jeito, filho, paciência. Por isso prefiro que você fique por um tempo em Santos. Com a Tuca, você se lembra dela.

Minha mãe tinha o hábito de segurar a porta com o pé quando queria falar comigo. Era o modo de se situar no limite das coisas, mostrando-se ágil, mas presente. Vinha me contar outra vez que a guerra contra o câncer estava complicada, e que por isso tínhamos de tentar tudo o que estava ao nosso alcance. No final escolheu uma versão mais otimista para si mesma, que tudo sairia bem, embora soubéssemos que o otimismo andava um pouco desgastado diante do seu quadro de saúde. Disfarçava a magreza com ombreiras e maquiagem, forçava o bom humor.

Continuamos tentando, minha mãe disse com os olhos fixos em mim, segurando a porta do meu quarto com o pé. O médico quer que eu faça outro tratamento.

A hora se aproximava com a precisão de um conta-gotas. Abri os olhos e lá estava a paisagem de Santos, esperando por mim.

Chegamos à tarde, mas não me lembro bem da viagem. Dava uns cochilos entre os túneis que abriam e fechavam, e me esforçava para não sentir enjoo com as freadas bruscas na descida da serra do Mar. Meu pai dirigia segurando o freio de mão, desconcentrado pela fita cassete que tocava Alcione a todo volume. As janelas fechadas faziam nosso Fusca branco parecer uma bolha sem ar. Do banco de trás, a mata Atlântica tinha cheiro de gasolina e nossa costura tediosa à beira do precipício encoberto em alguns trechos por neblina me fazia pensar que, se a gente despencasse dali, não haveria Santos nem nada. Fechei os olhos com força para perder de vista as luzes suadas dos carros, até que o copado da mata Atlântica foi abaixando e o verde se transformou em um grande manguezal.

Fazia mais de meio ano que não víamos Tuca, mas, quando abriu a porta, reconheci o poncho peruano que ela usava da última vez que a visitamos, feito de uma lã tão dura que dava a impressão de ser um tapete com um buraco no meio. Custou para que ela abrisse o cadeado do portão. As mãos lentas se desencontravam.

Oscar, fala oi pra minha amiga.

Oi.

Oscar, começou Tuca, tua mãe era minha melhor amiga quando a gente era pequena.

Era evidente que as duas exageravam, a começar pelo poncho que arrastava no chão quando Tuca se inclinava. Só respondi porque minha mãe estava de olho em mim.

Eu sei, disse.

Enquanto meu pai descarregava o porta-malas, sentei sobre o registro da caixa-d'água – um bloco de cimento junto ao muro –, apartado da cena, consciente de que as duas mulheres precisavam da minha interlocução para amenizar o incômodo da amizade esquecida.

Tua mãe era amiga de brincar na rua mesmo, ela insistiu. O que aconteceu com aquele povo todo? Parece que só sobrou a gente.

Minha mãe riu do comentário da Tuca, realmente não sabia do paradeiro dos outros.

É. Mas o Oscar lembra de mim. Ele já cansou de ouvir que a gente brincava na rua. A última vez que você veio foi quando, Oscar? Faz uns três meses que você não vem? Gente, vamos entrando?

Reparei nas varizes esmagadas sob a meia elástica.

Não, faz mais. Meio ano, alguma coisa assim, ela consertou. Entramos? Oscar?

Vai, desce daí, Oscar! Deixa de ser criança.

Quando minha mãe se aproximou de mim, saltei e entrei na frente de todos. Não queria mesmo ficar ali, entre os muros encardidos que imitavam pipoca e um aglomerado de cacos de ladrilhos formando um piso de mosaico vermelho, amarelo e preto, além das espadas-de-são-jorge, fincadas em vasos de barro. Não sabia o que era mais velho. As plantas ou os vasos. O chão era irregular e ia manchando onde se formavam pequenas poças. Até então, tudo me parecia encardido em Santos, a começar pelo pátio da frente da casa da Tuca.

A sala tinha dois ambientes, com um trilho de janelas arqueadas. Azul e branco. A simplicidade neocolonial chegava a ser bonita. Para que Tuca não me julgasse tão infantil assim, quis comentar que aquela construção era interessante, mas fiquei com medo de falar besteira. Só deixei escapar que gostava de arquitetura.

É, e é uma casa bem bonita. Ele vai ficar por uns dias, minha mãe disse, olhando para mim, adivinhando meus pensamentos. Até eu terminar todos os meus exames.

Oscar, deixei o armário livre pra você, naquele quarto que você sempre fica, no fundo. E fiz uma comidinha.

Não gostei que ela estivesse tão preparada para me receber porque eu não estava pronto para me hospedar lá, o que me pareceu uma observação justa a ser feita, só que não agradaria aos meus pais. O som do mar batia forte do outro lado da avenida e eu já sentia o cheiro intenso das algas, das cavidades das pedras de onde escapavam baratinhas-da-praia aos montes, esses crustáceos inofensivos que me faziam correr aos gritos quando era criança. Naquele momento, não conseguia parar de pensar que estava a ponto de ficar sozinho com aquela mulher. Tuca descruzou os braços sobre o poncho e os estendeu na minha direção.

Vem, Oscar.

À mesa, minha mãe não parou de comer, mostrando no rosto avivado o quanto gostava de pimenta. Antes de passar o frasco para meu pai, recitou seus nomes em voz alta, devagar, estudando com calma o vidro que segurava nas mãos – biquinho, dedo-de-moça, pimenta-de-cheiro, bode, cumari, cambuci.

Não adianta, gosto mesmo é de malagueta.

O câncer já devia ter chegado até a língua, sua voz saía pastosa. Colheu as pimentas do frasco com um garfinho.

A gente pinga assim, olha, ela disse para meu pai.

Eu tinha vontade de chorar. Quis gritar na frente de todos que, como minha mala já estava desfeita no quarto, eu tinha o direito de fechar o frasco e guardá-lo na geladeira no momento em que quisesse. Se eu já era de casa.

Tirei do seu alcance o vidro de pimenta e torci a tampa com força. Chega, mãe.

Ai, filho, o que você tá fazendo? Ainda não acabei, disse ela, tentando mostrar que aquilo não se fazia na casa dos outros.

Não? Não consegui dizer mais.

Já quer que eu vá embora?

Riram disso e também de muito mais. Tuca piruetava as histórias distantes, enquanto minha mãe continuava fisgando malaguetas. Dava aflição vê-la naquela insistência cada vez mais desagradável de sacudir o vidro para pescar do fundo as vermelhas pontiagudas. Meu pai, que observava a situação em silêncio, passou-lhe um copo d'água.

Acho que vocês vão se dar bem, ele disse finalmente, mas sem me olhar.

Assenti com a mente em branco, com medo de ser largado naquela casa que cheirava a mar e margarina, com os armários abertos e as almofadas contra a parede. E aquela mulher, a dona de todas aquelas coisas e das veias amassadas sob as meias elásticas, que aparentava ter muito mais idade que minha mãe, massageava as pernas enquanto tratava de me inserir no seu mundo, contando mais uma vez que tinha uma papelaria, e além disso dava aulas de inglês na edícula.

Aula, não. Reforço, corrigiu ela.

Cheguei em um fim de semana de setembro e na segunda-feira já estava na escola. Fui parar no Objetivo, do lado da igreja do Embaré, em frente à praia. Não houve apresentações, do tipo este é o novo aluno, o que facilitou minha passagem até a carteira no fundo da classe.

Simpatizei logo com um cara que chamavam de Bakitéria, por causa do rosto cheio de acne. Era um sujeito meio esquisito que tentava passar despercebido como eu e morava no mesmo canto da ponta da praia. De vez em quando voltávamos juntos e no caminho ele ia me mostrando a cidade.

Santos tem craque de futebol, e consequentemente tem a Xuxa. Tem os melhores surfistas também. Você vai ver que Santos, bem do seu jeito, é um lugar avant-garde, ele dizia.

Nunca tinha ouvido esse termo, mas concordei, só porque o cara gostava de uns sons com afinação esquisita, como Os Mulheres Negras, uma banda de dois músicos que despontava em São Paulo e se definia como a terceira menor *big band* do mundo.

Nos primeiros dias eu tinha vontade de telefonar para meus pais, mas o DDD era caro, então buscava um canto para a saudade passar. Às vezes ficava sentado no cimentado até tarde. Não ficava muito à vontade dentro da casa, que à noite se transformava em um jogo de corredores compridos revestidos de tapetes e portas trancadas. Depois de certa hora, o lugar parecia desabitado. Algumas janelas ficavam esquecidas batendo soltas, e o portão da garagem sem carro permanecia com um cadeado do qual só Tuca tinha a chave, mas era fácil de pular.

A rotina se desenhava aos poucos na minha cabeça, com o caminhão do gás que passava com uma musiquinha. Tinha o dia da feira e o dia do lixo, e da minha banqueta improvisada de cimento, onde eu cabia direitinho com os joelhos dobrados, acompanhava também os banhistas do outro lado da avenida.

Faziam suas trilhas pela areia úmida, e como o Canal 7 era o último escoamento da praia, era também o ponto de partida ou chegada. A maioria ia descalça, sem se preocupar com a infinidade de seres invisíveis na areia, como os caranguejos-eremitas sob as conchas ou o embolado das algas que exalava um cheiro curtido de mar desfeito.

Tuca, depois de lavar a louça do jantar, normalmente ia se deitar. Insistia no beijo de boa-noite, examinando-me com olhos tranquilos. Tudo acabaria bem. A mesa do café da manhã amanhecia posta, com garrafa térmica, pão, margarina, um pacote de rosquinhas de coco.

Um dia, enquanto secava os pratos, quis saber se eu gostava de surfar.

Minha história com as ondas é complicada, respondi apenas, tentando preservar minha dignidade ao não ter nada para contar.

Complicada como?

Vi uns filmes, tipo de naufrágio.

Seu olhar, absolutamente compreensivo, era de reforço de inglês. Gostava de bancar a psicóloga.

Não. Bom. É mais ou menos isso. Teve um filme que assisti por acaso, de ligar a televisão à toa.

Você ficou com medo, Oscar?

Acho que Tuca percebeu que eu não tinha visto coisa nenhuma, nem cogitado se gostava de surfar.

Não, não fiquei com medo. Mas eu vi um filme sim. Quer dizer, um outro. O ator tinha o cabelo loiro de sol e passava o tempo botando parafina numa prancha. Era a história de um sujeito que gostava de uma menina, mas ela gostava de um cara mais velho. No final a menina acabava se casando com o loiro, o que lixava prancha. Pensei em contar a história para Tuca, mas achei complicado e desisti.

Quando voltava da papelaria, Tuca passava horas diante da máquina de costura. Fazia cortinas e lençóis sob encomenda. Quando dava a hora, ia para a cozinha. Fazia uma comida morna e sem sal. Descascava as batatas cozidas com uma faquinha, tomando cuidado para que a pele despegasse sem levar o resto junto. No processo lento de cozinhar as batatas, seus óculos de grau embaçavam, e quando isso acontecia usava o pano de prato para limpar as lentes.

Sentado à sua frente, eu assistia à mulher reorganizar o congelador, para que coubessem os pacotinhos de feijão e carne moída, tendo antes o cuidado de anotar a data em cada um deles. Depois, conforme passavam as semanas, ia retalhando na faca as minicargas congeladas, esculpindo buracos nos tijolos comestíveis esbranquiçados, até que os rompia de vez no tamanho certo para caber na panela.

Tuca também fabricava as próprias caixas de papelão para os gatos e as enchia com areia especial, como se não houvesse areia suficiente do outro lado da avenida. À noite ela costumava deixar um rastro de lâmpadas acesas pelo corredor, o que fazia com que os insetos se concentrassem em pequenos círculos sob a luz alaranjada, um reflexo do tapete, até serem aniquilados pelo calor. Tostavam e caíam. Não sei o que o papelão dos gatos tinha a ver com os mosquitos, mas essas duas coisas me pareciam complementares naquela casa, assim como eu. Sentia isso quando ela olhava para mim sem perguntar nada.

No cimentado sobre o registro de água, onde eu me sentava para ver a noite, pensava nessas coisas sem importância, enquanto observava o jogo de espelhos dos barcos sobre o mar, como eram engolidos pelas ondas para voltar a brilhar na escuridão. Os cargueiros navegavam soltos no negrume, e a lembrança do óleo na água chegava com o cheiro da noite úmida e alguma gaivota pescadora, enquanto cachorros de rua reviravam papéis de picolé na areia.

Na garagem, encontrei outra máquina de costura. Achei que estivesse quebrada, mas Tuca explicou que era uma máquina reserva. Outra Singer. Do lado dela havia carretéis de linha e uma prancha de isopor. O cheiro de umidade, a caixa para os gatos e as luzes acesas no corredor eram a construção da minha adolescência em Santos, assim como o lápis na mão de Tuca marcando os moldes de papel. Pulei o portão e levei a prancha comigo. Não queria que ninguém me visse. Foi assim que peguei as primeiras ondas.

No começo eu ficava deitado na prancha, boiando longe da arrebentação. Observava os outros, minha vontade era fazer parte do grupo. Teria que surfar se não quisesse passar por caramujo. Eu me esforçava para remar na prancha de isopor, mas só depois que meu pai me mandou dinheiro para comprar uma *longboard* é que fui cercado pelos caras do condomínio perto da casa da Tuca. Tinham reparado que eu morava na avenida fazia pouco tempo e chegaram sem dizer grande coisa.

Um deles tinha um relógio digital à prova d'água. Ficava apertando a luz verde do mostrador, enquanto falava de um jeito forçado, meio boçal, imitando meu sotaque de São Paulo para o resto do grupo, que assobiava para ele em sinal de aprovação. Outro disse que, se eu quisesse surfar com eles, não teria que provar nada para ninguém ali. Só a lealdade ao grupo mesmo.

É só ir junto, o da luz verde disse de repente. Vem aí.

Ele arriscava comentários científicos sobre o mar sem ondas, mas os outros não pareciam ouvir, distraídos com seus próprios sons guturais, que se tornavam uma orquestração de cuspidas quando tentavam expelir a água tragada pelo nariz, a garganta ardida de sal. Um deles cantava, devia ser para mim. Ah, surfista calhordaaaaaa.

Mas o que você quer, meu? Ô, meu. Quer surfar com a gente?

Pois é.

Então você tem que ficar com a gente, meu.

Em seguida, falou sobre um outro cara que também chegara de São Paulo. O nome dele era Nelson e estava morando na casa do primo santista. O Washington, conhece?

Ninguém sabia direito dele, mas pelas voltas que dera na praia acharam Nelson meio folgado, um filhinho de papai metido a traficante. Estava matriculado com o primo no Colégio

Santa Cecília, entre os Canais 3 e 4. O da luz verde apertou mais uma vez o relógio, como se tivesse passado a ficha completa do Nelson.

Ah, um detalhe. O cara tem uma doença esquisita nas mãos. Elas não têm cor.

Lembrei que o Bakitéria, meu colega de classe, já tinha perguntado se eu conhecia o paulistano com as mãos sem cor. E o que tem ele?

O da luz digital se inclinou sobre a prancha, falando com o queixo encostado na parafina. Você tem que dar um susto nele. A gente avisa quando ele aparecer.

Tá legal, eu disse. Abracei minha prancha, querendo que fosse uma almofada. Ele não surfa nada, falei em resposta, tentando fazer graça com a música dos Replicantes, mas a frase saiu seca, sem efeito algum para o grupo.

Ó. O canivete é pra assustar, explicou o da luz. É normal ter um canivete na mão.

Era típico das gangues, como no caso do Adidas. Contou-me então da menina de unhas compridas que atacou o Adidas para defender não só o irmão, mas a roda toda do Canal 7. Enfiou as unhas na cara dele, que acabou ficando com três riscos de cicatriz na bochecha, e por isso virou o Adidas. A moral da história era que não queriam intrusos no Canal 7 e no meu caso era importante provar antes uma lealdade mosqueteira. Mesmo que fizessem todo um tipo, passou pela minha cabeça que estavam mais inclinados a gostar das baladinhas do Leo Jaime que de música punk.

Ainda assim, o enjoo que experimentei diante do desafio de me lançar no mar com um canivete contra um desconhecido me fez lembrar da sensação que senti quando cheirei clorofórmio trancado no quarto com um colega de escola em São Paulo.

Havia sido no começo do ano, eu tinha acabado de fazer dezesseis. O trabalho de geografia foi a desculpa para me fechar à tarde com meu colega, que me ofereceu a manga da camisa molhada para que eu cheirasse também o líquido roubado do laboratório. A substância entrou fundo, fez um rombo no meu estômago, era uma repugnância visceral imensa que não me deixava sair do chão.

Ouvi minha mãe de repente do outro lado, gritando que, se não destrancássemos a porta, ia chamar a ambulância, depois a polícia. Ou era a polícia antes e depois a ambulância? Consegui alcançar a maçaneta, saí mais ou menos normal. Disse que estava com dor de barriga, o que não era exatamente uma mentira. Meu colega falou oi e ficou olhando minha mãe, meio zoado.

Os primeiros tombos foram no escuro. No começo eu entrava no mar à noite porque não queria que me vissem tão desajeitado em cima da prancha. Saía escondido, calculando que Tuca seria a última a permitir que eu me metesse no mar sozinho e ainda na escuridão total. Ia pela tangente, buscando um ângulo, e mesmo revirando fundo até enterrar a cara na areia, sentia-me fortificado pela ideia de que tinha uma irracionalidade primitiva. Pensava na força da unhada no rosto do Adidas.

Um dia – era um domingo de manhã – resolvi me aproximar dos caras do Canal 7. O mar estava bem ressacado, as ondas entravam bem. Disseram que seria assim mesmo, que levaria tempo para aprender o básico, enquanto admiravam minha *longboard* novinha. Eu também a admirava.

O presente do meu pai me deixava vaidoso, mesmo sabendo que ele me dera por causa da consciência pesada de ter me enxotado de casa de repente. Aposto que passava horas alternando o trabalho entre a loja da Consolação e a da rua Aurora, conferindo o preço das luminárias por causa da inflação, irritado com algum mosquito, mas incapaz de manter sua família perto de si. Minha mãe no leito do hospital e eu em Santos.

Das ondas, dava para ver como a baía era fechada. Não era por acaso que os surfistas iam até o Guarujá. Enquanto falava com os caras, ficava imaginando se Tuca me espiava por uma fresta da cortina. Afinal, era uma casa grande, com mais de dez janelas olhando para o mar. A timidez me dominava, eu só conseguiria ficar em pé na prancha quando ela deixasse de olhar pela janela.

Tive a sensação de que alguém me chamou. Disseram o nome dele, era Nelson que vinha remando na nossa direção. Parecia um cara metido a salva-vidas de comercial da tevê, com uma viseira transparente verde-limão bem presa na cabeça e um apito pendurado no peito.

Quando Nelson estava a alguns metros de distância, o cara do relógio digital me passou um canivete. Nelson percebeu, mas não fez nada.

Não tive saída quando eles nos fecharam. Mergulhei e segurei o pé do Nelson para firmar o canivete no seu *leash*. Foi meio sem querer, a intenção não era essa.

Busquei o apoio dos outros ao tirar a cabeça da água, com a impressão de que não havia passado pela prova. Meus colegas já tinham se distanciado, nem esperaram que eu voltasse à superfície. Só tinha sobrado o cara que imitava meu sotaque paulistano, que até então parecia ser meu mentor. O da luz verde do relógio digital. Antes de remar, disse que não me preocupasse, que eu estava em boas mãos, e aproveitou para cumprimentar Nelson antes de ir embora.

A gente se vê, falou.

E Nelson nem disse nada de volta, só me olhou, como se eu pudesse atestar alguma coisa. Foi quando percebi o que iria acontecer. Assim que pisasse na areia, apanharia do Nelson e nenhum dos meus companheiros do Canal 7 me defenderia.

Na praia, o instinto foi o de proteger minha *longboard*, mas o chute que levei na cara fez com que eu batesse a cabeça na quina da prancha. Minha voz saiu débil, senti que o som vindo de dentro da cabeça despedaçava meu crânio. Eram descargas elétricas que me faziam arranhar a areia. Ouvia as pessoas ao redor em eco e o céu tremia ao mesmo tempo, com um azul tão estridente que chegava a enjoar. Minha boca se encheu de sangue, por isso o que eu tentava dizer saía incompreensível. Cuspi e limpei o nariz ensanguentado. Juntou mais gente, a torcida pela briga cresceu.

Foi quando vi Marcela. Estava parada na roda, abraçada a um cara loiro queimado de sol. Como no filme do surfista que lixava a prancha. Não sei por que fui fixar a vista nela, naquela moça morena de olhos escuros. Achei-a bonita. Foi a última certeza que tive antes de apagar.

Na vez seguinte que Nelson e eu nos vimos, foi como se nada tivesse acontecido, e só. Não houve segundas apresentações nem briga. Lembro que até chegamos a fumar maconha juntos enquanto ele explicava que ali não existia gangue boa como em São Paulo.

Que ali ninguém era punk. Em Santos era gangue de surfista. O lado A contra o lado B. Normal.

Agradeci quando me passou o baseado, sob o olhar curioso dos locais. Para mim eram locais, e decerto não confiavam em mim. Qualquer um confiaria mais no Nelson, mesmo que não fosse confiável. Pensei algo assim.

De nada, ele disse, oferecendo erva para quem quisesse, convidando as pessoas com os braços abertos. Basta que um bando invada o território rival para que quebrem umas pranchas ou se peguem de porrada. Gente do litoral é assim. Faz rodinha dentro da água e resolve no braço.

Tipo canivete, eu disse, só para não ficar calado com cara de bobo.

Mas aprende, Oscar. A gente dá susto nos outros. Não é pra furar pele nem cortar cordinha. Esse tipo de coisa não se faz, e foi justamente o que você tentou fazer comigo. Foram o quê? Duas semanas que você ficou de molho no Ana Costa?

É, duas, disse, resistindo a tocar minha cabeça enfaixada.

Por outro lado, quando não tem onda em Santos, os do Canal 1 têm que passar por aqui pra ir pro Guarujá. Mas as rivalidades são mais por causa das meninas, ele disse, olhando para Marcela. Elas gostam dos surfistas. Não dos paulistanos, tipo a gente. A gente é muito branco. Branco não, verde.

Marcela me olhou com os mesmos olhos rasgados de antes, segurando a mecha de cabelo na altura da boca sem aparentar emoção. Lambeu a ponta, ajeitou atrás da orelha.

Naquela noite de luau, Washington, seu namorado, abraçava a cintura dela. Havia um cara que chamavam de Namor, o Príncipe do Fundo dos Mares, que dançava como um místico, dando voltas na fogueira. Rezava para a chama, para que a noite acabasse logo e lhe trouxesse bom surfe de manhã.

Fiquei um pouco aturdido, sentindo o enjoo crescente por causa do cheiro de diesel dos barcos. Olhei Marcela de novo. Deitou a cabeça no ombro do namorado como se fosse a coisa mais bonita de se fazer no silêncio embalado pelas ondas dobrando baixinhas no brilho do mar. Fiquei imaginando se aquilo entre eles seria para sempre, mas meses depois, e esta é outra história, Washington acabou levando uma bala nas costas. Morreu e o enterraram no dia seguinte. Coisa de traficante, disseram.

O boato foi que ele morreu porque devia dinheiro. Foi por isso que o enterraram rápido, por medo de vingança contra o resto da família. O caso nunca foi esclarecido, mas Nelson e Marcela foram embora de Santos. A polícia não investigou, e no final ninguém soube dizer exatamente como foi o crime.

Não sei por que associo isso à maconha da lata. Vi no noticiário, com Tuca ao meu lado. Acho que foi porque chegaram a alternar na tevê imagens da Marcela e do Nelson, o casal desaparecido, com a maconha da lata. Esperei Tuca dormir para pensar livremente a respeito.

Washington, quando não ficava no bar do Vasquinho fumando cigarro com o Chulapa e outros do futebol, surfava. Um dos traficantes, que vendia drogas em Maresias, se chamava Douglas, de quem Washington sofrera ameaças de morte.

O povo até comentava que sua mãe tentava tapar os buracos, quitar as dívidas com os traficantes. De alguma maneira, a mãe sempre dava um jeito de comprar cocaína para o filho se injetar. Isso tudo era estranho para mim e nunca consegui me acostumar à ideia de uma agulha machucando a pele, ardendo como se fosse um maçarico. Era um jogo que eu não entendia.

Nesses primeiros meses de Santos, também vi um cara morrer. Cruzou a avenida só de sunga, dava para notar que os pés estavam queimando no asfalto do meio-dia. Foi tão rápido que rolou para a sarjeta já esmagado, indo parar quase na frente do nosso portão. Do lado da praia, as crianças faziam guerra de areia.

Quando Marcela deitou a cabeça no ombro do Washington, eu ainda não sabia disso tudo, nem tinha reparado nas marcas no seu braço, naquelas feridas ressecadas. Ele tinha uma tatuagem no peito, uma espécie de âncora com polvo. Lembro que achei o desenho meio bobo, mas ainda assim Washington tinha a namorada mais linda, fria e indiferente. Marcela era meio caiçara, com uns olhos rasgados que não deixavam de me impressionar. Eram como a fogueira diante de nós, rasa na brisa.

Havia um bocado de gente rindo, e uma canoa ao fundo no manso da noite. Namor, o Místico, continuava dançando. Também havia o céu com a imagem do caranguejo cravado nas estrelas, de costas para o mar.

Observando a canoa, pensei em como os primitivos abriam o tronco de madeira no machado. Vi os peixes boiando na superfície, o cardume atordoado no timbó ao longo da linha costeira. Timbó, as plantas cujos princípios ativos chegavam a matar os peixes, era a solução dos indígenas para conseguir alimento. Aprendi na escola, lembro do livro, da página aberta na imagem do povoado litorâneo que frei Vicente do Salvador pintou no século XVI.

Lembrei dos pés atravessando o asfalto quente para chegar do outro lado, do cara atropelado, e depois do Nelson na roda dos olhos amiudados do surfe. E de volta à briga, duas águas-vivas se revolvendo na areia quente. Nunca tive motivo para provocar uma briga com ele, desde o começo sabia que eu não tinha razão nenhuma para enfrentá-lo na água, mas tinha certeza de que Nelson iria implicar comigo de qualquer jeito, mais cedo ou mais tarde. A fama dele era essa. Não sei em que momento da noite comecei a pensar nisso, e não conseguia parar de pensar. Já tinha apanhado do Nelson, mas sabia que uma surra só não seria o suficiente para ele. Pressenti que esse cara nunca me deixaria em paz.

3

Dá licença, tá na fila do Kidelicia?

Dona Vera abriu passagem entre médicos e enfermeiros da Santa Casa, além de funcionários com crachás das empresas da região. Cobria a vista do sol e pedia permissão para passar, apalpando o antebraço e por vezes secando os olhos com um lencinho preso entre os dedos. Kidelicia, o restaurante por quilo da Marcela, abria às onze e meia, mas uns dez minutos antes já tinha fila.

Sexta-feira costumava ser o dia mais lotado, e era quando minha vizinha escolhia para almoçar no restaurante porque sabia que me encontraria ali. Eu deixava meu empregado polindo os lustres na loja e escapava para ajudar Marcela no caixa. Foi dali que observei dona Vera chegar.

Sob as samambaias que enfeitavam o salão, Vera se viu na combinação fraturada e infinita refletida nos espelhos. Um pouco confusa pelo burburinho geral, hesitou. O ritmo do lugar escapava do seu controle, mas sua presença unívoca tampouco cedia espaço para os outros. Impôs-se perto das bandejas, marcando território, concentrada na escolha alheia. Antes de se enfiar na fila para servir-se, que avançava mais devagar que de costume porque nem todos os pratos estavam prontos, examinou as opções de almoço como um fiscal da prefeitura.

Vera se mostrava um pouco desconectada do mundo, sobretudo quando fazia cara exagerada de desprezo aos que levavam mais tempo para escolher o almoço. Parecia preocupada com a ordem das bandejas, se continuava igual às outras vezes. Para os que não a conheciam, dava a impressão de que a demora dos outros a incomodava profundamente, mas eu sabia que a expressão forte era um tique, desses que vão criando espessura por muitos anos de solidão. Como um calo.

Concentrou-se no agrião, depois no ovo de codorna, na beterraba, na salada de batata com alcaparra. Frango chinês *chow chow*, ragu *napoletano verace*. Segurando o lenço diante dos olhos, Vera inclinou a cabeça de leve para conferir se a chama continuava sob o filé ao molho de pimenta, mexeu o arroz e voltou a tampá-lo. Notando que eu a observava perto da mesa do bufê, disfarçou, olhando em outra direção. Se Marcela a visse arrumando as bandejas assim, ficaria louca. Aproximei-me.

Só passei pra ver se as coisas estavam em ordem, ela disse.

Que bom, dona Vera. Que bom que a senhora veio.

E que bom que você está aqui, o restaurante não é o mesmo sem você, Oscar. Ainda assim, esse povo que não sabe esperar. Pela madrugada, hein?

Não é sempre, dona Vera, mas a senhora sabe, parece que hoje todo mundo acordou com mais fome. Vai almoçar com a gente?

Se não for atrapalhar.

A senhora é sempre nossa convidada, respondi.

Vera sorriu com rigidez, estalando o pescoço para o lado.

Procurei nela algo que evidenciasse a presença do Nelson na sua casa. Desde que o filho chegara, quase não a tinha visto e o que me incomodava era o silêncio sobre seu regresso. O excesso de roupa que ela usava em um dia quente como aquele me dava mais calor. O lugar estava mal ventilado e o cheiro do querosene que esquentava as bandejas impregnava o ambiente.

Dona Vera, senta antes que peguem a cadeira. Ali, ó.

Não quero roubar o lugar de ninguém, falou, cumprimentando em seguida um grupo de secretárias que também costumava chegar cedo.

Ela devia conhecer as três moças dali do restaurante mesmo. Usavam o mesmo uniforme azul-marinho. Uma delas pegou dois pedaços do lagarto fatiado, mas mudou de ideia. Vou ser rápida então. São o quê. Nem meio-dia. Almoço bom é almoço cedo, observou ela para a moça à sua frente, e pegou um prato.

Vi dona Vera pela primeira vez no elevador, onze anos atrás. Segurava os punhos do casaco com discrição e me espiou de canto de olho, com o mesmo rosto ligeiramente inclinado do restaurante, expressando timidez, mas que a todo instante se movia, como se tentasse se reafirmar no espaço. Reparou que eu estava com a chave da corretora e perguntou sem rodeios se eu era o novo proprietário.

Deixa eu adivinhar. 9A. É você?

Falava tocando o braço, o frio não a abandonava. Soltou uma das mangas do casaco para acariciar os botões de latão da placa do elevador, como se pertencessem ao seu abrigo. Pareceu-me ensimesmada.

Nono, então?

Sim, por favor.

Ai, esse Décio. O porteiro precisa trabalhar melhor, ela disse, apontando para o metal mal polido, coberto de creme branco ressecado. Mas o elevador nunca quebrou. Não que eu saiba, prosseguiu ela, fazendo um gesto tardio com ambas as mãos, abrangendo todo o espaço quadrado. A caldeira funciona bem e a vista do prédio é boa, mesmo que a praça já tenha tido dias melhores. O bairro, aliás. Por mais que a região tenha mendigos, essas coisas, não está ruim não. Você vem de onde?

A gente morou na praça Roosevelt durante quase vinte anos. Eu e minha mulher.

Ah. Tão jovem e já casou.

Fechou os olhos como se sentisse a subida repentina do elevador, dando a impressão de que ia mais rápido que ela. Ao chegar no último andar, Vera me disse que o 9A esteve desocupado por bastante tempo.

Era uma família muito boa que morava aqui, mas dizem que tiveram um problema com a justiça, sei lá o motivo, e foram pro interior. Agora vou compartilhar de novo essa vista. Concordei com ela, já que dona Vera morava do lado. Pois é, vamos ser vizinhos.

Ao entrar no apartamento, pensei naquela família sobre a qual ela me falara, mas já não havia sinais ali, não fosse por algum adesivo esquecido nas janelas. As gavetas emperravam um pouco e o interfone estava quebrado.

A vista dava para a praça, um quarteirão que já fora inteiro das gangorras, da ponte pênsil de madeira feita para as crianças atravessarem aos berros e dos ipês-roxos cujas sombras pareciam se mover mais devagar. Agora podia ver tudo por cima das copas das árvores, da minha sala, ainda que a praça tenha mudado bastante. Nos fins de semana costumava tomar sorvete de pistache no Mário, da Confeitaria Little, e ver peças de teatro na Biblioteca Monteiro Lobato. Mudar-me para a frente do parque era uma fantasia adormecida.

Depois de tanto tempo deu vontade de perguntar à minha vizinha, no restaurante, quem fora a tal família que morara no meu apartamento, mas Vera havia se distanciado. O vidro da janela refletia a luz do sol nos espelhos recortados das paredes.

Atravessando a rua do restaurante não havia praça, e sim outra coisa especial para um menino do centro de São Paulo, a Santa Casa, uma inspiração gótica de 1881. Nem a proximidade com o Minhocão, a cicatriz mais grossa de São Paulo, ou o retalho das ruas, com placas indicando gente desconhecida, como o Major Sertório ou o General Jardim, afetava o prazer que a quadra inteira com torres de tijolinhos despertava em mim, um castelinho fincado no meio do bairro, protegido pelas construções vizinhas. Especialmente ao redor da praça Rotary os prédios não passavam de nove, dez andares, graças a uma lei antiga de zoneamento, o que humanizava a vista, dando mais espaço para o céu. E pensar que o bairro da Vila Buarque havia sido uma fazenda.

Diante da vista compartilhada com dona Vera, imaginava o anfiteatro da praça, demolido nos anos 70 para evitar qualquer concentração de protestos durante o governo militar, restando apenas a biblioteca infantil Monteiro Lobato, que frequentei, antes que cortassem tantas árvores para abrir espaço para o cimento.

Mesmo sem os ipês, o cimento tem seus encantos, Marcela me disse certo dia. Assistia televisão, mas a observação, por mais seca e irônica que fosse, dava espaço a uma conversa.

Porque quando eu morava na Rego Freitas, comecei a dizer.

Sei, ela interrompeu. Mudou de canal com o controle remoto levantado na altura do rosto.

Não quer ouvir?

Ela disfarçava, mas nada mais chato que esse tipo de assunto para ela.

Outro dia você falava sobre o dono da confeitaria que tinha os melhores sorvetes da região. Como era mesmo o nome dele?

Mário.

Marcela elevou o queixo sutilmente. Sei, ela disse sem articular mais nada.

O mundo das lembranças tinha uma existência atmosférica que não lhe interessava. Preferia ficar mergulhada em uma espécie de ostracismo perverso, e deixava isso bem claro ao aumentar o volume da televisão.

Uma memória levava a outra, como o filho do açougueiro, que era a cara do Jesus Cristo do pôster emoldurado na parede do açougue aonde minha mãe me mandava comprar contrafilé.

Enquanto esperava o moço fatiar a carne, não conseguia escapar da comparação, o que me dava um certo asco. Um dos Cristos cortava a carne e me entregava naquele pacote de papel branco, enquanto o outro apontava para o próprio coração. Quando também quis falar para Marcela da piscina do Sesc, de como fui um menino com os olhos vermelhos e os dedos com cheiro de cloro, minha mulher disse que não estava interessada no meu passado.

Pra quê, gente? Começando pela rachadura na parede. Aliás, podem arrumar isso quando quiserem, porque já deixou de ser um problema pra mim. Um problema, ela repetiu rindo. Como se fosse um problema.

Nelson estava no apartamento da dona Vera havia alguns dias e decerto Marcela e ele já tinham se encontrado casualmente mais de uma vez, mas ela não me contaria. Ao contrário. Manteria silêncio.

Da minha parte, não notei nada fora do comum. Os sons no apartamento vizinho eram os de sempre, com o rádio ligado de manhã e o noticiário na tevê à noite. Quando Marcela não estava por perto, eu encostava a orelha na parede para tentar ouvir. Nada. Pressentia que ele também estava atrás da porta à escuta.

Ainda não tinha visto Nelson, e essa espera me deixava inquieto. Para mim era um assunto pendente, e quanto mais o tempo passava, mais ia me tirando o sono. Um dia decidi tocar a campainha, mas desisti. Chamar atenção, ou mostrar que sua presença me mantinha intrigado, era exatamente o que o faria sorrir, triunfante.

A própria dona Vera, que andava sumida nos últimos dias, preferiu não tocar no assunto quando apareceu no Kidelicia na sexta. Pensei em como deve ter sido difícil para ela rever o filho. Sua indiferença deve ter doído durante esses anos todos, e vê-lo cruzar a porta de repente, como se nada tivesse ocorrido, teria sido um susto. No momento em que a campainha tocou, dona Vera estaria sentada sob o sol, relaxada na poltrona, lendo o jornal. Ou, mais provável, a mãe devia estar limpando um móvel, toda agitada. Dizia-se que Nelson era filho de um policial e que os pais dela não aceitaram direito a história, por isso Vera acabou educando o menino sozinha.

Nelson provavelmente não fazia ideia de que sua mãe andava descendo com uma sacola para pegar restos de comida depois da feira, junto com os mendigos, e que acabava ficando por ali. Queria companhia, decerto, e tinha pouco dinheiro mesmo. Não sei se chegou a passar fome, mas Vera não parecia ter vergonha de se juntar aos da rua. Até Marcela, que não era de se comover com a miséria, quando ficou sabendo do desespero da nossa vizinha, entre abandono e falta de grana, começou a pensar a respeito.

Imagina chegar à velhice assim, comendo sobras, disse ela. Se não fosse a gente, ela poderia acabar feito essa indigência doida do centro da cidade. Reparou na quantidade de pessoas que mora nas ruas?

As conversas com Vera foram acontecendo naturalmente, nas ruas ou no elevador do prédio. Marcela dizia que eu falava com ela por pena, afirmando que eu não iria conseguir reabilitar aquela mulher, mas para mim esse não era o motivo.

Acho que Marcela tinha um pouco de ciúmes por eu gostar da companhia da vizinha, talvez porque ela dividisse tantos detalhes caseiros comigo, mas era isso o que me dava a sensação de pertencimento. Aproximava-me da cidade, e até de casa, ainda que a conversa não passasse de alguma reclamação, como o limão caro na feira, mas que ela tinha comprado mesmo assim. Vera era capaz de desembrulhar a fruta tirada da bolsa para me mostrar. Olha, comprei só um.

Às vezes, ela ligava para saber se eu não tinha passado do horário de tomar meu remédio de hipertensão. Ela me contava como se depilava, aproveitando o solzinho, no chão da sala. Enquanto esperava que a cera derretesse bem, já ia pegando uma cor. Eu não sentia repulsa à imagem da vizinha procurando pelo encravado com a pinça, e imaginar o som do papel celofane me fazia pensar no sinteco craquelado da sala, ou nos ipês cortados da praça, nessas coisas que preenchiam minha vida cotidiana.

Quer que eu pegue um pouco de lagarto recheado pra você, Oscar? Antes que acabe?

Não precisa, dona Vera. Obrigado.

Vera tinha ido até o caixa me procurar com o prato vazio, voltando em seguida para as bandejas. Ficou admirando as saladas, o feijão, a batata palha, sem decidir.

Uma vez a levei para um passeio até a cozinha para distrair um pouco minha vizinha. Ela confessou que gostava do som da fritura, e até de ver as bolhas engolindo calmamente o pastel, esperando como uma criança que ficasse pronto. Logo surgia a dureza rugosa, e até quase conseguia adivinhar o grau de transparência da crosta ao vê-lo secar no prato.

É quando ganha alma, disse ela. Mas o que eu gosto mesmo é de ficar perto do bufê.

O bufê. Vera era o próprio olhar esfomeado da solidão, pensei.

A mulher sentou-se no canto do restaurante, sob as samambaias falsas que pendiam do teto. Fui até lá.

Come, eu disse, oferecendo-lhe um espetinho de coração de galinha.

Ai, obrigada, Oscar, quantos mimos. Melhor eu comer logo porque daqui a pouco lota.

Vera sorriu, coquete, no momento em que Marcela saía da cozinha. Veio toda atarefada, limpando as mãos no avental, dizendo que estava espremendo uns grãos cozidos em um coador de malha fina, um serviço de uma das cozinheiras, que faltara. Abaixou do meu lado para pegar um guardanapo caído e se apoiou com firmeza no meu braço para subir. Fez um carinho.

Praticidade é a palavra, disse em voz baixa, e sorriu dinâmica, com todo o vigor de quem trabalha em um restaurante.

Estranhei sua leveza de espírito. A boca ligeiramente aberta, seus dentes brancos aporcelanados me lembraram o quadrado de azulejo que dona Vera pôs do lado da sua porta de entrada, encantada com a dica em um programa de tevê, ainda mais pelo fato de que não dava tanto trabalho para limpar. Normalmente um ladrilho indicaria a letra e o número do apartamento, mas ela preferiu deixar em branco. Já estava indicado na porta.

Marcela me puxou de lado. Oi, Oscar.

Pensei que sua voz fosse crescer macia e constante, como fazia de manhã bem cedo, abraçando firme o travesseiro com as pernas, mas Marcela perguntou baixinho no meu ouvido por que eu sempre convidava aquela mulher.

Marcela, meu amor, qual é o problema? Ela apareceu, só isso. Quantas vezes vou ter que te lembrar que ela é nossa vizinha de porta?

E?

Não vou deixar que ela fique jogada por aí.

Ai, que drama. Porque se não vier almoçar quer dizer que ela vai morrer numa lata de lixo. Leva ela pra ver lustre na tua loja, então. Não tem coisa pior que uma louquinha. Gente, ela come olhando pras pessoas, incomoda. Você não liga porque quem toca isso aqui sou eu. É minha clientela.

Marcela.

Minha mulher estava certa. Vera era uma cretina esfomeada, dava vergonha ver o prato dela transbordando de farofa sobre o arroz, o feijão, a carne, os salgadinhos e a salada. Enquanto discutíamos baixo, dona Vera, a alguma distância, dirigiu-nos o olhar. Tinha começado a falar com um rapaz que se sentara na diagonal à sua mesa.

Você é o Tomás, né? Conheço teus pais lá do edifício Jacobina, disse ela. Vizinho do nosso. Não lembra de mim? Examinou o moço. Sabe que meu filho esteve fora, mas voltou? Fazia tempo que não vinha pra casa. Você ainda mora com teus pais?

As samambaias, compridas demais, chegavam a contornar as portas, e o olhar de Vera tinha algo de raro. Parecia vigiar o rapaz, bem enquadrado entre as plantas de plástico.

Marcela, Oscar, chamou Vera de repente. Falta sal e pimenta nas mesas, avisou sorrindo. Viu. Fazia tempo que eu não comia um feijão tão fresquinho, viu?

Seus olhos verdes pareciam maiores, exibiam uma curiosidade afetiva. Estava contente, dava para notar pelo jeito aberto de falar com as pessoas, e a maquiagem bem posta no rosto redondo e claro ajudava.

Amassou o guardanapo sobre o prato e voltou a olhar ao redor. Levantou as sobrancelhas, concentrada. Provavelmente tentava calcular se haveria sobremesa de gelatina para toda aquela gente.

4

Não tive como recuar. Nelson remou na nossa direção. Quis fugir dali, mas os oito surfistas do Canal 7 fecharam a roda quando ele se aproximou.

Sob o sol intenso, Nelson ajeitou a viseira de plástico em um gesto estudado e tardio. Sacudiu as mãos despigmentadas na minha frente, como duas carpas nervosas fora da água, arrancando risos da turma. Eu deveria ter bancado o herói também, zombado do seu jeito desaclimatado, ridículo, com os olhos na minha cara, só que não consegui me mexer.

Brother. O cara me chamou de *brother*. A escassez da palavra me confundiu, ainda mais naquela circunstância, em que a luz era tão forte que eu não enxergava direito. Seu corpo se movia de acordo com a situação, escorregadio e flexível. Carpa, pensei, desviando do resto do cardume em uma roda fechada. O excesso de movimento lembrava um tanque raso.

Guardei o canivete na sunga, e ficamos tentando nos reconhecer, por um pedaço de território, algo de São Paulo. Vínhamos da mesma cidade, afinal, mesmo que na frente dos outros ele fosse meu adversário. Eu tremia de medo e cheguei a duvidar que conseguisse nadar caso me arrancassem a prancha. Quis explicar que não tinha a menor intenção de machucar ninguém, mas de todos os lados chegavam olhares indicando que eu teria de cumprir minha cota.

O do relógio digital não tardou em provocar, gritando que era para eu ter cuidado porque Nelson tinha aids. O aviso me despertou, aquela confrontação era real. Quando vi que não poderia escapar do curral na água, o medo de enfrentar aquele cara maluco aumentou, ainda mais porque Nelson não parecia se intimidar com o cerco do grupo. Mantinha a viseira bem ajustada e seguia alheio à situação, flutuando com a naturalidade de um lixo de naufrágio.

Mergulhei, arrependido de ter me deixado levar pelos planos dos surfistas. Queriam que eu desse um susto nele, enquanto eu lutava com todas as forças para me manter calmo, mas no desespero cortei o *leash*. Vi a prancha soltar do seu tornozelo em câmera lenta. Foi um erro, e sem querer aspirei toda aquela água e tossi, sabendo que ia me afogar se aguentasse mais um tanto submerso. Tive medo de voltar à superfície, medo do Nelson e do resto do grupo, decerto reunidos bem em cima de mim, esperando que eu reaparecesse.

De repente, Nelson me puxou pelos cotovelos, arrancou-me da água com os olhos fixos em mim, como se eu fosse a pesca do dia.

Vai, para de se desesperar. Respira.

Cheio de adrenalina, aferrei-me à minha *longboard*. Sem falar, Nelson começou a se afastar, remando de volta, atrás dos caras do Canal 7.

Observei seu corpo mirrado sobre a prancha, remando obsessivamente. Algumas vezes olhava na minha direção, rindo.

Eu tossia sufocado, o nariz não parava de escorrer e as mãos continuavam trêmulas. Guardei com dificuldade o canivete na sunga e fiquei boiando, montado na minha *longboard*, tentando enxergar uma ponta de glória por ter combatido alguém pela primeira vez, ainda mais no mar, embora só um idiota como eu cortaria a cordinha de uma prancha. Nelson nem pareceu se ofender com minha tática de ataque, mas, vendo do mar, a beira da praia me pareceu isolada e perigosa. Sabia que ele não deixaria barato.

Tentei prestar atenção no surfe dos outros, o que me levou à coleção de postais de terras distantes que Tuca mantinha sobre o móvel do lado da televisão, mas não conseguia ver nada com clareza, eram só ideias e memórias confusas. Meu peito ardia na parafina da prancha e o rosto também. Não era só por causa do sol. Sentia-me humilhado.

Reparei como a luz penetrava no mar, recortando a água em pedaços de gelatina, e senti o cheiro distante de bisnaga doce, molhada no café com leite. Visualizei a mesa posta na casa da Tuca e percebi que estava com fome, o que passou a me consumir docemente naquele instante. Devia estar adivinhando que só veria um prato de comida duas semanas depois.

O jeito inatingível do Nelson ou a impossibilidade de ser igual a ele me enchia de pensamentos inúteis. Éramos do mesmo bairro de São Paulo. Ele crescera na frente da praça Rotary e eu, a algumas quadras dali.

Correu o boato de que ele veio fugido de alguma confusão. Apareceu assim, de repente, e foi morar na casa dos tios. Dizem que desceu do ônibus só com uma mochila, e seu aspecto era de trombadinha mesmo. Até o jeito pausado de falar era de quem tinha levado porrada na cabeça.

Nelson foi assunto desde que chegou a Santos, eu não, o que me surpreendia porque sua cara sem expressão não revelava nenhum mundo interior. Chamava a atenção das pessoas com as manobras do seu ioiô, por exemplo, atraindo os olhares para o barbante que ia alto, enrolado nos dedos despigmentados, e o plástico que rodava perfeitamente no chão.

Olha o cachorrinho na coleira.

Provocava euforia e fazia saltar quem passava por perto, mas seu jogo era tão imprevisível e neurótico que ninguém sabia direito se sua intenção era a de bancar um comediante, ou se não conseguia evitar o protagonismo porque vivia em um estado atormentado de espírito.

Alguns diziam que Nelson tinha vindo para curar a pele com o tio, apesar do doutor Rodrigo não ser dermatologista. Outros, que a despigmentação não tinha jeito, que era incurável porque ele estava com aids. Era o que se ouvia por aí, tanto na escola onde Nelson estava matriculado quanto na minha. Decidiram até interromper uma aula para fazer um esclarecimento a respeito. O que Nelson tinha não era transmissível, explicaram, era apenas uma deficiência. Faltavam melanócitos para produzir melanina. Ainda assim, a fobia causada pelo vitiligo de Nelson se tornou desculpa para que alguns alunos faltassem à escola.

Só Marcela não tinha medo de encostar nele. Riam dizendo que só a troca de olhares entre os dois já era contagiosa. Eu sentia repulsa ao pensar que ela roçava aquela pele, e não pelo fato do namorado dela ser outro, o primo.

Não estava nem aí para isso, eram mais as meninas que comentavam, não sem uma ponta de inveja. Diziam que Marcela era uma vagabunda, Nelson, um perturbado, e Washington, um viciado. Nessa ordem.

Quem injetava cocaína dividia agulha, o que era comum até entre os surfistas que foram ganhando destaque nos campeonatos. Não sei se foi por causa da disputa por Marcela ou do uso da droga até horas bem entradas na manhã que a camaradagem entre Nelson e Washington durou pouco. Antes andavam juntos o tempo todo, mas depois parecia que a única coisa que dividiam era Marcela, e em turnos alternados.

O que ofendia os santistas não era o fato de que Nelson comesse a namorada do outro, mas que era um cara metido a *new wave* e ainda por cima todo esquisito. Não gostavam da sua afetação debochada, nem do cabelo empastado de gel ou da calça verde-limão dobrada na barra, mostrando a meia e o tênis quadriculado. Um palhaço fazendo balancê com ioiô não poderia aparecer ali para dominar a cena.

Daí o canivete. Queriam que outro paulistano desse um jeito nele, assim não sujariam as próprias mãos.

A presença de Nelson no apartamento vizinho me trazia essas lembranças da adolescência, como o canivete, a surra que levei na praia e o tempo que passei internado no hospital por causa disso. O que me irritava era a compaixão na voz da minha mulher ao mencionar o encontro com ele, o quanto as manchas avançaram na sua pele ao longo dos anos.

É quase como se ele não suportasse a luz fria do elevador, acrescentou.

Passei a sentir uma curiosidade mórbida, quase irresistível, de ver como seus braços descoloridos tinham se deteriorado desde a adolescência. Iríamos nos encontrar, era só uma questão de tempo. Ficava imaginando que seria quando eu resolvesse fazer algo fora do comum, como subir a escadaria do prédio em vez de pegar o elevador, ou cortar caminho pela praça, que eu evitava por causa dos mendigos e de uns desocupados amatilhados nos cantos fumando crack. Poderia ser também na esquina da Major Sertório com a Doutor Vila Nova, onde os travestis discutiam alto durante toda a madrugada e posavam com a camiseta levantada para os motoqueiros que desaceleravam ao passar. Ou na entrada do prédio mesmo, sob o sol do meio-dia. Gostaria de saber se, ao me cumprimentar, faria questão de mostrar sua sensibilidade à luz como fez com Marcela.

Que ela se prendesse justamente a esse detalhe era o que mais me incomodava, porque as mulheres se enterneciam com algo assim. Marcela suspirou, rodou a aliança no dedo e voltou a ficar quieta. Seu peito vazio e as pernas finas me atiraram mais uma vez ao passado em Santos. Tentei sentir o cheiro da maresia na orla velha que ia até o mercado de peixe, mas não consegui. Lembrei de um vendedor com dentes postiços, que gritava mais alto que os outros, oferecendo tudo o que tinha na banca, inclusive da gaivota que ficava sobrevoando bem em cima, que ele chamava de filha de uma figa.

De vez em quando batia um receio de acabar esquecido naquele porto velho de amendoeiras, com os canais encharcados que cheiravam a esgoto. Quem sabe alguém viesse me buscar. Era uma vontade de menino de porta de escola, sempre à espera, mas que acabava não dando em nada. Meu pai telefonava pouco, parecia ter aceitado que eu não fazia mais parte da sua rotina. Cheguei a Santos com quase dezessete, passei dois anos lá e acabei casando porque engravidei Marcela. Foi sua mãe quem insistiu, provavelmente animada com a perspectiva da filha recomeçar a vida em São Paulo.

Meu pai ergueu os ombros e resumiu a situação em três partes iguais: o problema era meu, a vida era minha e a mulher, idem. Poderia simplesmente ter pegado um ônibus de volta para São Paulo com a cabeça enfaixada, logo depois de sair do hospital. Secretamente, e isso eu não sabia, esperava por Marcela.

Passei alguns dias apagado depois de apanhar do Nelson. A primeira memória do Hospital Ana Costa é o vidro da janela com reflexos do quarto e o cheiro de sal adocicado do soro. Lembro também da sensação de fome, como se meu corpo tivesse adormecido nas ondas, no momento em que sentira vontade de bisnaga doce, molhada no café com leite.

Em seguida, lembro do biscoito de polvilho que Tuca tirou devagar da bolsa ao me visitar, mas esse instante misturo a outros, aos fragmentos de pesadelos que tive na UTI, como o de duas figuras se revolvendo na areia como águas-vivas, que me faziam acordar achando que ainda estava na praia, tremendo de calor e de frio.

O tio do Nelson também veio. Era um médico conhecido no hospital por ser ponderado e criterioso, sem o menor traço transgressor do filho nem do sobrinho. Lembro dele, em pé e afundado na cadeira. Acho que gostava de pensar na vida ali mesmo, o rosto bem apoiado nas mãos, massageando demoradamente as têmporas e a testa, o que o transportava para fora do meu quarto, do hospital, talvez até de Santos. Ficar ao meu lado, enquanto eu não dava sinal de estar acordado, devia ser seu refúgio.

Pelo mesmo motivo, eu gostava da sua companhia. Ele me recordava minha mãe internada no hospital, o que me fazia imaginar que estaria amparada por algum olhar desconhecido como o do doutor Rodrigo. Quando meu pai não estava ao seu lado, pensava em como ela se comunicaria com os outros, porque o movimento da sua língua estava cada vez mais lento.

A última vez que a vi foi na cozinha da Tuca. Estava serena como quem assiste a fogos de artifício explodindo longe no horizonte, apenas bem-disposta à felicidade ao redor da mesa e à ardência das malaguetas. Antes de ir embora me abraçou e beijou com vontade, amassando minha cara como o médico fazia com as mãos quando sentava ao meu lado, para estar consigo mesmo.

Não faz nada mais que o dever, comentou uma enfermeira enquanto trocava o curativo da minha cabeça, referindo-se ao cardiologista, para a colega que firmava a gaze para ela cobrir com o esparadrapo. Não foi o sobrinho dele que fez isso?

A sensação era a de que faziam uma bola de futebol com minha cabeça, isolando bem o zunido insuportável, para que só eu o ouvisse. O desconforto maior daquele capacete que me repuxava o queixo e espremia minhas orelhas era a coceira. Ficava doido. Quebrei várias pontas de lápis tentando alcançar mais atrás, mais em cima, mais ao lado. Levei bronca quando arranquei uma ponta de pele junto, não foi nada de mais realmente, mas o sangue que escorreu no travesseiro alarmou as enfermeiras. Deviam achar que o zunido concentrado explodira meus miolos. Engraçado.

Ficaram tão preocupadas, como se eu não tivesse entrado sangrando no hospital e sujado aquele piso de linóleo inteiro. A imagem de um pano enxaguado várias vezes num balde me absorvia. Ficava ali esmagado na cama, pensando no cotidiano de um hospital, tentando não antecipar o grau da dor depois que passasse o efeito do analgésico. Tampouco queria adormecer, com medo de acordar em outro lugar.

A enfermeira levou meu dedo a um botão próximo. Se você precisar de alguma coisa, aperta aqui.

Falavam das suas vidas na minha frente, como se eu ainda estivesse inconsciente. Conforme os dias iam passando e eu ficava acordado por mais tempo, elas começaram a se deslocar até a porta do quarto. Tentavam falar baixo, mas lembro que as exclamações sussurradas dessas conversas perdidas entravam em mim como pontadas.

Hoje não sei mais dizer se a cabeça doía. Não doía, acho que não. Só sei que as imagens das agulhas iam se transformando em outras, até que desmoronavam na escuridão completa de fundo de mar, e eu ficava sem ouvir mais nada. Restava só o zunido. Às vezes meus próprios gritos vinham à tona, querendo escapar de algum pesadelo. Sonhava comigo mesmo, com as enfermeiras e seus espantos. Não sentia metade do rosto. Ficava olhando para a porta um bom tempo, à espera de alguém.

O doutor Rodrigo veio diversas vezes e, numa dessas visitas, trouxe o filho. Abri os olhos e Washington estava sentado diante de mim, o sol batendo em cheio no seu rosto.

A primeira coisa que notei foi um tremor leve no seu queixo. Dava a impressão de estar com frio, mas a boca seca e quebradiça era a de um cara meio chutado, sem dormir mesmo. Ainda mais sob a luz natural. O loiro com a cara carcomida pelos anos no sol olhava fixamente para mim, e as veias saltadas no pescoço marcavam essa intensidade. Algo o detinha, mas não era eu. Ficou assim até que abriu um sorriso como se fosse ele quem acordasse, ou quisesse se comunicar comigo, mas foi seu pai quem falou.

Oscar?, chamou o homem de jaleco branco. Sou o tio do Nelson.

Explicou que era cardiologista, que estava ali só de visita, e que a boa notícia era que não houvera muito sangramento, mas que eu tinha tido de passar por uma cirurgia. Não concluiu o que ia dizer. Parecia preocupado, um pouco nervoso.

Tentei me reacomodar na cama e um enjoo intenso me impediu de falar. Notei que minha cabeça estava dormente. Tossi sem força, veio uma pressão na garganta e uma dor na altura das costelas. As mãos inchadas me fizeram imaginar o aspecto do meu rosto à distância, se estaria inchado ou se teria algum corte profundo aparente.

O médico não disse nada por um bom tempo. Só me encarou com curiosidade direta e penetrante. Fiquei com vergonha de perguntar quantos dias tinha passado ali, ou simplesmente que horas eram. Não queria que aquele sujeito altivo pensasse que eu havia perdido a noção do tempo, nem que me tratasse como um paciente responsivo, mas impossibilitado de falar.

Você sofreu um traumatismo craniano, disse o homem, fazendo sinal com a mão para que não o interrompesse, mesmo eu não tendo dito nada até então. Oscar?

Oi.

Esse traumatismo pode gerar adormecimento na musculatura, talvez até alguma paralisia. Esperemos que não seja nada sério, concluiu. Posso acompanhar seu caso com meus colegas. Quero dizer, tenho acompanhado. É realmente uma sorte pra você eu trabalhar aqui, neste mesmo hospital.

Pelo jeito que falou, não parecia sorte coisa nenhuma. Nada parecia bom. Que eu estava bem fodido, era isso o que ele queria dizer.

O Nelson também já veio te ver algumas vezes, disse. Mas este que veio hoje é o primo dele, o Washington. O médico desviou o olhar para o rapaz. Tá vendo, filho. É até bom você ver o Oscar nesse estado, assim vai pensar duas vezes antes de se meter em confusão. Ou não?

Fiz um grande esforço para enxergá-lo bem. Devia ter minha idade, talvez fosse um pouco mais velho que eu. Então esse era o Washington, o cara que aparecia em casa de manhã só de cueca, corroído como um castelo de areia, acobertado pela mãe. Ouvi dizer que ela dava um jeito de pagar as dívidas do filho para se livrar de um ou outro traficante que bancava guarda do outro lado da rua. Ela, no entanto, sabia que era inútil lutar. Pouco a pouco a sombra inimiga ia ocupando a porta da sua casa, armando a tocaia. Aposto que zombavam do pânico da mãe, e quando ela entregava o dinheiro, bem ali na rua, sabiam também que se avexava por causa de algum vizinho que a estudava por trás da cortina.

O pai não se deixava cercar como a mãe, e provavelmente nem sabia das operações que ela fazia para salvar a pele do filho. O doutor Rodrigo saía para trabalhar cedo e às vezes fazia plantão no hospital. Olhava para mim e para Washington naquele instante como se fôssemos dois encrenqueiros de peso idêntico. Era tudo culpa da adolescência, da terrível adolescência.

Agora, continuou ele. A outra notícia é menos agradável. Desta vez o médico esperou um pouco pela minha reação. A polícia quer bater um papo com você. Ouviu? Sobre o que aconteceu. Eu já falei com eles, então pode ficar despreocupado. Nem precisa falar muito. Já entenderam que o Nelson agiu em legítima defesa. Não foi isso?

Acenei levemente que sim com a cabeça.

Ótimo, disse o médico, dirigindo-se para a porta.

Ele ainda não tinha saído do quarto, quando uma enfermeira se aproximou de mim. O outro doutor disse que posso retirar a sonda, ela explicou.

Enquanto ela sorria para o doutor Rodrigo como dizendo que ele era um grande sujeito, mais até que meu neurologista, que parecia me visitar com menos frequência, senti um puxão que vinha do fundo da garganta. Parecia que arrancavam um anzol de dentro de mim. Foi quando percebi que não só o pescoço estava ligeiramente dormente, mas toda a cabeça.

Quis perguntar se estava anestesiado, mas me distraí ao notar o inchaço que começava na minha mão esquerda e ia se estendendo pelo antebraço, de onde saía um cateter, preso a um esparadrapo, conectado a uma bolsa de soro.

O doutor Rodrigo hesitou, mas saiu sem dizer nada, deixando a porta entreaberta. Washington foi atrás do pai, com os passos picados e a cabeça inclinada para a frente.

A porta tornou a se abrir e dois policiais entraram. Em seguida, Washington voltou. Deu alguns passos na minha direção e parou. Os agentes o olharam, indicando que saísse, mas o jovem me encarava, aquecido pela vontade de dizer alguma coisa.

Pô, cara. Falei pro meu primo que ele exagerou. Bom, valeu. Melhoras aí. Washington olhou para os policiais. Valeu, disse, e voltou a sair.

Depois que os investigadores se foram, com o caderninho cheio de notas sobre meu desentendimento com o Nelson no mar e depois na praia, Tuca entrou, projetando no quarto sua calma abatida de sempre.

Ela já devia estar na sala de espera fazia tempo porque entrou segurando o tricô, com duas agulhas compridas enfiadas no material fofo e um jornal aberto na página das palavras cruzadas. Da bolsa que levava no ombro tirou um pacote de biscoitos de polvilho e sentou na única cadeira do quarto, massageando um torcicolo com a mão. Corrigiu a postura.

Oi, Oscar. Quer biscoito?

Quando saí do hospital, Tuca me preparou um lanche especial, tinha até manteiga Aviação, amarela e ligeiramente salgada, bem passada na bisnaguinha. Depois de me servir leite com Nescau, Tuca sentou ao meu lado e perguntou se eu estava bem.

Sim, por quê?

Ela empurrou o prato para o lado e acariciou meu curativo na cabeça como se ajeitasse meu cabelo para o lado. Tua mãe morreu.

Foi tudo o que disse, sem rodeios, e começou a chorar. Fiquei quieto, acho. Fiz esforço para engolir o que já estava na boca. Tuca secou as lágrimas e me disse que telefonasse para meu pai.

Disquei devagar, demorando-me em cada número. Ao aparelho, meu pai não mencionou minhas duas semanas no hospital. Tinha apanhado feio, mas preferi que ficasse assim, sem chamar atenção. Ele não percebia, do outro lado da chamada, que o calor abafado me enchia de coceira, nem que os sussurros das enfermeiras ainda me perseguiam, além do medo do sol forte. Não me ocorreu perguntar se ainda fazia sentido eu estar em Santos, e ele tampouco tocou no assunto da minha volta. O fato é que não ousamos dizer nada, ficamos praticamente em silêncio. Era o momento da notícia da morte da minha mãe.

Nos outros telefonemas que se seguiram, ele não pareceu notar que eu continuava quieto. Talvez meu pai achasse que eu estava ocupado demais para prestar atenção no que ele me contava. Seria até um sinal de que as coisas iam bem para mim.

Do canto da sala, observei as folhas grandes do chapéu-de-sol tocando a janela, querendo entrar. Tuca chamava a árvore de sete--copas, e dizia que as folhas eram boas para fazer chá fitoterápico.

Meu pai, por sua vez, contava que as coisas estavam se arranjando na cidade. Eu tentava prestar atenção à sua voz que tinha uma passividade desconhecida, o que me fazia pensar que quando voltasse para São Paulo a vida não seria mais a mesma. Acho que meu pai não sabia como me tratar sem a presença da minha mãe. Deixaram-me em Santos como uma criança, mas semanas depois eu havia me tornado um adulto. Com certeza não era confortável ter que lidar comigo assim.

Sua fala remota e imperturbável macerava lentamente a rotina solitária. Discorria sobre as duas lojas, descrevendo cada luminária, cliente ou nota fiscal. Eu não sabia como reagir a esse tipo de não notícia, às descrições balbuciantes que continuavam ecoando na minha cabeça, no meu cotidiano besta de carros embicados na calçada, gaivotas no caminho da escola, carteiras verdes e as luzes flutuantes no mar.

Falava com a lentidão de homem resignado, e eu só pensava em desligar logo, mas Tuca me olhava, vigiando nossa conversa. Dizer o quê, afinal. Não conseguia perguntar nada. Se ele estava bem? Vinha um nó na garganta. Ficar mudo era mais fácil. Enrolei o dedo no fio espiralado do telefone azul--claro, primeiro devagar, depois mais rápido.

Saí do hospital com a cabeça enfaixada e passei mais alguns dias com os curativos na cabeça raspada. A vontade de deitar na minha cama em Santos era imensa, do lado do abajur infantil que Tuca trouxera da papelaria, e do copo de água fresca que ela repunha todas as noites para mim. Reparavam em mim não só na escola, mas aonde eu ia pesava no olhar das pessoas uma piedade pouco dissimulada. Graças ao Nelson.

Voltei a vê-lo no luau, depois outras vezes esparsas. De longe, diriam que éramos até amigos. Nelson me cumprimentava e eu reagia com um oi, pois não tinha como fugir dele. Sabia que, se tentasse, ele insistiria em ir atrás de mim, por puro capricho. Era um cara neurótico, do tipo que precisava confirmar a própria presença por meio dos outros.

Washington também estava naquela noite do luau. Ele e Marcela contemplavam a fogueira. Foi Washington quem me viu primeiro. Aproximou-se encolhido, eram os mesmos passos comprimidos do hospital, e me deu um tapa no ombro.

E aí, meu caro? Não foi dessa vez, hein?

Nem.

Washington indicou com o dedo minha cabeça enfaixada e concordei, sorrindo, que era um incômodo visual para os outros. Deu sorte, disse. Ó, essa aqui é a Marcela, minha namorada.

Era ela. Reconheci a Marcela que estava na roda me assistindo apanhar, quando recebi com toda a força um golpe na cabeça. Lembrei do meu sonho das águas-vivas no hospital. Já sabia que Marcela tinha dezessete anos e saía às escondidas com Nelson. Mesmo sem nunca ter falado com ela, fantasiava que um dia iria buscá-la na loja onde trabalhava, onde ajudava a mãe.

Oi.

Oi, ela disse de volta, com um sorriso tardio no rosto moreno.

Levaria ainda uns dias para eu descobrir onde ela morava. Era uma casa que lembrava um sítio pequeno no morro de trás, longe da praia. No portão, uma placa avisava que era proibido estacionar e outra tinha a imagem de um cão bravo. Não havia nem carro na garagem nem o rottweiler da placa, só um punhado de galinhas ciscando a rua de terra e algumas gaiolas dependuradas na parede da garagem aberta.

Olhei para ela. A luz fraca vinda das casas do outro lado da avenida rodeava seu rosto, e o clarão das chamas da fogueira iluminava o cabelo liso, solto. Usava um batom muito vermelho, que lhe enchia a boca e acentuava os olhos levemente puxados. Imaginei-a na sala de aula, diferente das outras meninas. As carteiras verdes alinhadas na classe remetiam às luzes das lanternas no mar, no horizonte. Ouvi dizer que ela tivera que deixar de estudar. Até Nelson chegar em Santos, sua vida era a lojinha de roupas e Washington, com o cabelo queimado de sol.

Antes de se aproximar de nós, Nelson circulou um pouco entre o pessoal de roupa de banho molhada e pediu uma cerveja fiado para o Caixadágua, apontando o isopor fechado. O grupinho ao nosso lado soltou uma gargalhada coletiva, alguém bateu palmas e uma menina de cabelo curto levantou e começou a dançar. Nelson era um fascínio para Marcela. Ao se aproximar dela, ela sorriu sem querer, deixando seu braço roçar no dele.

Nelson veio perguntar se era eu mesmo quem brincava na gangorra da praça Rotary. Disse que achava que lembrava de mim.

Eu mesmo.

Foi a risada de camaradagem dos outros que me deixou sem graça.

E a pochete que você levava sobre a calça?

Roubaram, respondi, o que ocasionou nova explosão de risos.

Criei coragem de lhe perguntar se houve mesmo uma briga, e se era por isso que ele tinha vindo parar em Santos. Nelson mostrou as mãos. Disse que evitavam encostar nele porque achavam que tinha aids. Outros achavam que era lepra. E que sim, que fora por isso.

Exageram um pouco, mas foi, Nelson voltou a dizer, firmando-se no quadril, ligeiramente projetado para a frente. Um infeliz inventou que meu pau tinha vitiligo, que não tinha cor. Abri a calça pra mostrar e mijei no cara. O infeliz ficou puto. Daí foi tapa. Ele até teve que sair da briga pra procurar a orelha no chão.

Sério?

Mas, Oscar, eu também ando de pochete, sou cafona que nem você.

Nelson riu e os caras do Canal 7 riram com ele.

E você teve que se mandar de São Paulo.

É, foi mais ou menos assim. Quer ver meu pau? Nelson apoiou as duas mãos no quadril.

Nossa, que machão, exclamou um dos caras que abanava o fogo. Mostra o pau, Nelson! Quero ver se é invisível mesmo. O pau do Homem Invisível.

Ri com eles. Nem estava preocupado se Nelson iria achar mais algum detalhe para me ridicularizar na frente dos outros. Fitei Marcela, tentando adivinhar se ela também achava a história engraçada.

5

As vozes se ouviam do elevador. Ao entrar, vi que o apartamento estava lotado. Dei um jeito de deixar duas garrafas de lambrusco sobre a mesa da sala, entre outras bebidas e bandejas de salgados, mas na mesma hora achei que estavam muito em evidência. Senti-me um pouco mesquinho porque, mesmo sem o preço, era óbvio que eu tinha comprado o vinho no supermercado.

Desejei que fosse consumido logo, assim evitaria o constrangimento de o Adriano agradecer falando alto para todo mundo ouvir. Estava sacando a segunda rolha quando fui detido por uma mão no meu ombro. Era ele, o aniversariante.

Ô, são-paulino.

Ô, aniversariante. Parabéns. E isso é o quê? Indiquei a camisa furta-cor, os três primeiros botões abertos.

Ih, sabia. Tô bonito, fala a verdade.

Toda uma lição de vida, Adriano. Cada vez mais jovem.

E sabe que é assim que eu me sinto? Quase um adolescente. Adolescente não. Criança mesmo. Olha as bexigas.

Tem até bolo de brigadeiro, reagi, observando um bolo coberto com chocolate granulado em um pedestal de alumínio sobre a mesa.

Uma leve expressão de satisfação passou pelo seu rosto. Vai reclamar?

Pois é. Ruim não é.

Veio até o porteiro. Tá vendo o Décio ali? Adriano indicou com o olhar. Acho que até hoje ele só tinha entrado em apartamento do prédio a trabalho.

Bacana que você chamou o Décio.

Não fiz mais que a obrigação, o cara fica lá apodrecendo na portaria. Ó a empolgação dele. Sou síndico, sabe como é. Saúde.

Se dependesse só do número de convidados aqui você já ganharia no primeiro turno.

Hoje síndico. Amanhã prefeito. Olha que eu daria um ótimo prefeito. Adriano observou ao redor, inserindo com um gesto abrangente quem estava na sala. Tudo nos mínimos detalhes, disse. Riu do próprio pensamento. Meu estilo seria porrada em todo mundo, falou. Dizem que o povo vota em quem bate, mas falemos de coisas boas.

Você viu a Marcela por aí?

Deixa tua mulher em paz, Oscar. Você devia se preocupar com o bolo de brigadeiro, por exemplo. Viu como a reforma ficou boa?

O volume das vozes foi aumentando e Marcela não estava. Forcei meu olhar nas luminárias.

Pois é, tô vendo. Isso aqui parece showroom de economia sustentável.

O apartamento acabara de passar por uma reforma, só que, ao contrário do cara que aparecera lá em casa, arrumara o sinteco, lixara as paredes e dera um perdido, Adriano havia contratado uma equipe de três pessoas. Comentei como os armários embutidos estavam bem-feitos. As luminárias importadas translúcidas pareciam italianas. Ocupavam bem o espaço, eram duas esferas abauladas, de plástico esbranquiçado. Tudo parecia novo. Adriano ficou entusiasmado, gostou que eu reparasse na sua iluminação com tecnologia LED.

Pra você ver, Oscar, aqui no prédio tenho fama de ser metido a besta, mas olha que beleza. Brigo por causas justas.

Pois é.

E só queria deixar claro que minha intenção era comprar na tua loja porque você sabe que não gasto dinheiro à toa, meu caro, mas a Ana se acha a decoradora. Já viu. Mulher.

Trouxe teu lambrusco. Coisa simples, comprei no supermercado, resolvi dizer.

Olha pra minha cara. Desde quando eu tenho frescura com esse tipo de coisa? Vinho é vinho. Olha a Ana lá.

Abriu passagem até a mesa, pegou a garrafa que eu tinha aberto e serviu dois copos. A intensidade das vozes variava, eu não sabia que cabia tanta gente naquele espaço. Havia umas trinta ou quarenta pessoas.

Ana tentou se aproximar, como se ansiasse por um refúgio. Trazia uma bandeja de sanduíches. Dona Vera também estava no apartamento, aceitou um pãozinho com presunto no guardanapo.

Nossa vizinha de porta mordiscou o sanduíche, limpou a boca no guardanapo e passou a contar do filho para quem quisesse ouvir. Falava mais de si mesma, de como ficara apavorada ao saber que Nelson havia perdido as malas, que não se conformava por ele não telefonar para avisar que estava chegando. Descreveu o corredor humano aguardando o desembarque como se fosse ela própria saindo na multidão, observando que o excesso de pessoas na chegada do aeroporto tornava uma viagem ainda mais estressante.

É verdade, dona Vera, disse Adriano, levantando na sua direção o copo com vinho. Mas olha que filho, hein? Tá orgulhosa? Pode falar. Pode falar que tá orgulhosa, dona Vera. Saúde.

O brinde cruzou a sala de copo em copo, alguns repetindo o que acharam ter ouvido, outros determinados a erguer a taça em sinal de vitória.

Marcela apareceu, estava vindo da cozinha. Desviava das pessoas com dificuldade e um sujeito alto a seguia. Nelson.

Magro, como eu o conhecera, mas bastante envelhecido. Foram direto até a mesa e ela serviu-se do meu lambrusco, enquanto ele brincava de empurrá-la de leve para que ela se desequilibrasse. Marcela riu. Não me viram.

Nelson usava uma camiseta polo simples, com a barba por fazer.

Marcela?

Ah, oi, Oscar. Tudo bem?

Pelo visto a coisa tá boa aqui.

Só faltava você.

Onde você tava?

Olha, amor. Olha o Nelson aqui.

Nelson. E aí?

Oscar, nem parece que faz esse tempo todo. Todos esses dias no prédio e você nem tocou na nossa porta pra dar um oi. Minha mãe me disse que você tá sempre em contato com ela.

Pois é.

Nelson recuou para me ver melhor. Tirando os óculos e o fato de você ter engordado um pouco, você tá igual. O mesmo jeitão analítico, um cara sólido, ele disse.

Marcela me olhou risonha, de um jeito que eu desconhecia. Achei minha mulher até meio corada. Vai, Oscar, fala alguma coisa agradável pra ele. O cara acabou de chegar.

Acabaram de chegar, você quer dizer. E aí, Nelson. Tá bebendo o quê?

Eu, nada. Não bebo.

Pois é, a gente gosta de vinho. Né, Marcela?

Ela me encarou. Desta vez, pareceu que ela não me entendera.

Nelson inclinou o rosto para o lado. Quero ter certeza de que é você, Oscar. O velho Oscar. Tá mal não.

Sei, eu disse. Sei. Pena que eu não possa dizer o mesmo. Saúde!

Nelson, o Oscar tá brincando. Marcela se adiantou.

É óbvio que eu tô brincando.

Nelson encheu um copo de água e tomou de uma vez, sem deixar de me encarar.

As manchas das mãos tinham avançado pelo braço. No couro cabeludo, o branco contornava a orelha esquerda. Pareciam pegadas de um bicho sobrenatural se espalhando pelo seu corpo. Veio a lembrança de quando o vi no mar de Santos. Rememorei aquela cena ridícula, o grunhido que ele soltou para me assustar, com as mãos erguidas no ar e o rosto possuído.

Marcela?

Oi, Oscar.

Bebe o vinho. Tá só segurando o copo.

Marcela olhou para seu drinque. Claramente desconectada de tudo e, de repente, percebeu Adriano, que passava. Agarrou-se ao seu braço. Adriano, que horas a gente vai cantar parabéns?

Que vontade é essa de cantar, Marcela? Oscar, segura tua mulher. Ainda falta muito pro parabéns. Veio muita gente, um povo que eu nem imaginava, e ainda tem gente chegando.

Nelson se alongou num gesto demorado para ajeitar a camiseta polo no corpo. Voltei a me comparar a ele, indeciso sobre o que dizer.

Parabéns, Adriano, disse Nelson.

Nelson. É esse teu nome, né? Toma meu cartão. Se precisar de qualquer coisa ou tiver algum problema, pode ligar. Sou médico e trabalho na Santa Casa e aqui no prédio sou o síndico. Somos uma grande família. Eu frequento a casa do Oscar e da Marcela há anos. O Oscar tem uma grande loja de luminárias na Consolação, e a Marcela, veja bem. Kidelicia.

Nelson riu.

O restaurante dela fica ali na Dona Veridiana.

Obrigado, Adriano, respondeu, pegando o cartão, e logo em seguida o prato de azeitonas sobre a mesa. Demorou para espetar o palito numa delas.

Décio se aproximou, pedindo licença. Licença, gente. Ai, Nelsinho, que bom que voltou pra cá com a gente. Já falei, mas vou falar de novo. A gente aqui, depois de todos esses anos, nenhuma notícia. Mas a gente não esquece, viu?

Pois é. Voltei pra te dar um abraço. Acho que não é demais, disse Nelson, levantando Décio do chão em um aperto exagerado. Marcela riu.

Ai, seu Nelson, que é isso? Precisava ver sua mãe, o estado que ficava quando chegava carta sua. Mas depois o senhor parou de mandar notícia. Eu consolava.

É, Décio, não fosse por você.

O porteiro me olhou. Sacudiu a cabeça de leve, curvando os ombros para a frente, com uma docilidade acentuada pelas olheiras acobreadas e profundas.

Seu Oscar, só Deus sabe o quanto eu limpei a barra dele quando fazia aquelas artes de criança.

A briga na praça, aposto que você se lembra, disse Nelson, coçando a cabeça. Não fosse por você, eu teria continuado aqui, sentindo todos os dias o cheiro desse elevador velho. Você acha que eu esqueci, hein, quando me dedurou pra minha mãe? Nelson riu.

Ô, Nelson, interrompeu Adriano, tua mãe tá muito sozinha. Sorte que a gente cuida dela.

Nelson encarou o síndico com um sorriso frio. Quantas vezes minha mãe foi se queixar com você pra dizer que eu nem telefonava? Ela também não me telefonava. Né, mãe?

Dona Vera fez um sinal de que não tinha entendido. Abri a boca para falar, querendo concordar com Adriano, ou simplesmente mostrar que estava presente.

Décio, enquanto pensava no que ia dizer, ajeitou o cabelo partido ao meio com as duas mãos, antes de pegar uma torrada de um pratinho posto ao lado da janela.

O senhor veio pra ficar?

É, mais ou menos.

Nada grave, espero?

Ri com a pergunta dele. Era óbvio que Nelson não tinha onde cair morto, e o porteiro falando com ele com todo aquele cuidado, a voz plangente, fazendo as honras, tratando-o por senhor.

Não, nada disso.

Olha, seu Nelsinho. Décio cobriu a boca ao falar. Esqueça o passado. Até sua mãe já esqueceu, Décio falou em voz baixa desta vez.

Parecia tratar-se de outra pessoa, apesar do rosto familiar de anos na portaria. Salvo algum encontro na rua, que não ia além de um olhar cruzado e um aceno, acho que eu nunca tinha visto Décio fora da sua função. No apartamento do Adriano, tapava a boca enquanto comia. Tinha voz própria, apesar da timidez.

Desde que mudáramos para o prédio, o jeito nervoso do Décio era o mesmo. Dona Vera implicava com ele, sempre por motivos diferentes. A última reclamação aconteceu depois de tê-lo visto entrar numa biboca na Amaral Gurgel para fazer bronzeamento artificial. Ela não tinha nada a ver com o que ele fazia depois do trabalho, mas argumentou que o aspecto do porteiro não condizia com a imagem do prédio: a pele escurecida, além do cabelo tingido e partido ao meio, dava-lhe uma aparência de pobre coitado.

Marcela ouviu um comentário do tipo quando subiram juntas de elevador. Entrou em casa me perguntando como a vizinha podia dizer tal coisa.

Quem ela acha que é, se passa grande parte do tempo na rua entre os mendigos?

Concordei, lembrando que Décio sempre estava bem-disposto e de como limpava o suor das mãos magras antes de ajudar com qualquer sacola. Podia ser desagradável, mas era prestativo.

O tema dos mendigos era cada vez mais recorrente nas reuniões de condomínio, e o fato do Décio discutir com eles do outro lado da rua pela sujeira que faziam não ajudava. Às vezes, ele gritava da porta do prédio.

Falo mesmo, dizia Décio, enquanto ajeitava a gola da camisa de mangas curtas.

A última confusão que arrumou, segundo dona Vera, foi quando jogou alvejante para lavar a calçada, de manhã bem cedo, antes de terminar seu turno. Acertou dois mendigos. Dona Vera viu tudo. Estava a ponto de chover e ela tinha parado ali, atrás do vidro, sem saber se voltava para buscar um guarda-chuva.

Por causa dele fizera inimigos na rua, explicou.

Logo ela, que de volta da padaria costumava lhes oferecer pãozinho. Vera disse que desde então passara a ter medo de andar na rua porque ficou parecendo que ela ordenara ao porteiro que jogasse o alvejante neles.

Observei Vera sentada de lado na banqueta, abanando-se com um pratinho de papel. Quando Nelson encostou na parede ao seu lado, a mãe se levantou para lhe oferecer o lugar. Ajeitou-lhe a gola da camiseta e ia lhe dar um beijo na testa, mas Nelson se esquivou.

Ana passou de novo verificando se havia algo fora do lugar. Parou para arrumar qualquer coisa na mesa e retorceu um guardanapo que pegou do chão. Regulou a luz no dimmer, e na penumbra sua imagem se tornou escassa, granulada, como em uma fotografia. Pareceu-me natural imaginar Ana como uma mulher borrada, de gestos rápidos, com um sorriso permanente no rosto, sem tristeza nem mágoa. Tinha a mesma expressão de paciência controlada de quando eu a encontrava na feira, esperando que o cara da balança lhe dissesse o preço da compra. O batom nos lábios, o cabelo num coque frouxo. Indicou a garrafa, se eu queria mais vinho.

Não, obrigado.

Ana seguiu adiante, cada vez mais diluída na distância e na escuridão, parando para conversar com outro vizinho. Vera aproveitou para contar ao filho que Ana tinha sido assaltada recentemente.

O dano que faz uma arma apontada na cabeça, ouvi dona Vera dizer baixinho. E o pior é que foi bem ali na praça, quase na frente do prédio, perto do posto policial. Parece que abusaram dela.

Nelson cuspiu na mão um caroço de azeitona. Abusaram como?

Não sei detalhes, não. Ela acha que o perigo está em todos os lados e que a violência nas ruas é uma maldição entre nós.

Dona Vera contou que Ana, desde então, deixara de dormir. Se olhar bem para ela, dá pra notar o cansaço. Bom, o Adriano é outro, mas ela perdeu a vontade de sair na rua.

Eu também observava isso. Havia um descompasso no fundo dos olhos de Ana. Concordei com Vera, apesar de ela não estar falando comigo.

Toda vez que ouve a sirene de um carro de polícia, coitada.

A presença do Nelson ao seu lado me fez levar a mão à têmpora esquerda para conferir se a cicatriz da adolescência tinha sumido mesmo. Disfarcei o gesto fingindo coçar o couro cabeludo, um pouco como Nelson costumava fazer na cabeça praticamente raspada. Eu também ficava impaciente com as fofocas, as torradas e o barulho nas festinhas apertadas.

Quanto mais olho pra você, filho, mais me lembro das coisas. Sabe?

Fiquei observando como dona Vera ajeitava a camiseta polo azul-clara no corpo do filho, enquanto relatava os detalhes da sua chegada a São Paulo. Falava especificamente com duas pessoas ao seu lado, colegas de hospital do Adriano que se entreolhavam sem disfarçar, como se o cheiro desagradável da marginal Tietê que ela descrevia penetrasse naquela sala. Falou do pneu queimado, da vinda do aeroporto, do rio poluído, da bagagem furtada.

Foi roubada por algum sem-vergonha. O Nelson estava confuso, sabe, sem saber como reagir no aeroporto, só com um trocado no bolso porque o resto ele havia deixado no bolsinho da mala.

A mulher não tinha envelhecido nada desde que eu a conhecera, continuava praticamente com o rosto fofo sem rugas, os olhos verdes que procuravam sempre, dando a impressão de não enxergar com nitidez, ou de que seu mundo era tão embaçado quanto intenso. Puxou a alça do sutiã, reclamando do calor.

Nelson tirou o boné e acariciou a própria cabeça quase careca. Mediu a comida no prato. Não olhou para ela, mas percebia-se que sua mãe o incomodava. E que, do seu lado, seria eternamente um menino pequeno.

Marcela estava perto dele segurando a bolsa, pronta para ir embora. Pareceu-me um pouco confusa ao virar-se na minha direção.

Vamos, Oscar? Tá tarde. Bebi demais.

Já quer fugir, Marcela? Não vale, né?, disse Ana, pedindo passagem para sua bandeja de salgados que saíra quente do forno. Ofereceu o primeiro para Nelson. Os convidados de fora antes, falou.

Massageando as mãos vigorosamente, Nelson se aproximou da mulher de Adriano. Valeu, ele disse.

Oi, eu sou a Ana, disse sorrindo para o Nelson. Bem-vindo. Prova, meu anjo. Pega o de camarão, esse aqui.

Mas essa anfitriã tá com tudo, mesmo. Deixa que eu ponho a bandeja na mesa. Marcela, dá aqui a bolsa também, pediu Nelson. Ninguém tá com pressa não.

Nelson, já vou, ela disse com firmeza. Né, Oscar?

Ué, não sei. Vai se quiser, Marcela, respondi.

Mas você estava mesmo no Acre?, Ana perguntou, sem prestar atenção em Marcela. Não era lá que você estava?

Acre. É, respondeu.

Fazendo o que lá? Deve ter casado, Ana perguntou com um sorriso cristalino.

É, essas coisas. Cheguei quando aquilo era meio deserto.

Marcela se abanou. O cabelo liso cobria os ombros encolhidos. Estreava o vestido preto sem mangas, não parecia que ia só a uma festinha no prédio. Hein, Oscar? Marcela perguntou, esquecendo o dedo por alguns segundos sobre o relógio de pulso. Tinha as pálpebras pesadas. Olha, o relógio parou, acho.

Dia desses? Nelson reprimiu o bocejo. Vamos fazer algo? Oscar?

Pode ser. Bom, Nelson, a gente já vai.

O cara devia ter fugido do Acre, pensei. A impressão que tive quando falou foi a de um lugar cheio de seringueiras e mais nada.

Saiu de Santos, tentei recapitular. Marcela dizia não recordar nada dos três meses em que ficara sumida. Lembro que o reencontro de mãe e filha foi mostrado em rede nacional. Marcela usava a mesma mochila de quando desaparecera e sua mãe chorava, tapando o microfone da repórter com a mão. Logo depois da morte trágica do Washington foram três meses tensos, disseram na televisão.

Da mesma forma que Marcela fora embora de Santos, voltou sem dizer nada. Era de manhã. Tinha perdido a memória, anunciou a mãe na tevê. Talvez porque o trauma da morte do namorado tivesse sido muito grande, a repórter não conseguiu arrancar nada da jovem. Marcela ficou acariciando a cruz de ouro que levava no peito, alheia à câmera.

Marcela fechou os olhos no elevador até chegar ao nosso andar. Disse que o excesso de pessoas a incomodava, a subida também. Estava com calor.

E aquela mulher é chata, hein? Fica pegando no filho o tempo inteiro, toda nervosa.

Ao entrar em casa, Marcela abriu a cortina e falou olhando para a rua. Abancada na janela, debruçou-se mais ainda, segurando-se na cortina, com uma mão apoiada no vidro. Olhava na direção do Edifício Itália, onde nossa rua começava.

Cuidado, Marcela, eu disse, mas ela não pareceu escutar.

Ela reteve o brim branco pesado, descobrindo o vidro sujo do outro canto da janela. Estava cheio de marcas de dedos. Desde que sua mãe deixara de fazer as viagens anos atrás, subindo a Imigrantes na névoa para limpar o apartamento da filha em São Paulo, os dedos no vidro foram se acumulando. Depois tivemos uma empregada, mas ela acabou ficando mais no Kidelicia, justamente porque Marcela achava que ela era boa. Suas marcas digitais eram um indício de que a vista a distraía, como se a cidade ainda fosse estrangeira para ela, mesmo quase trinta anos depois de ter se mudado para São Paulo.

Fica pegando no filho porque tá com saudades. Isso é óbvio. Ou não?

Marcela apontou para a parede da vizinha, olhando de volta para mim. Não me surpreenderia se dormisse na mesma cama que ele.

E? Tá com ciúmes?

Dá aflição ver ela com o Nelson. Só isso.

Solidão e amargura.

Marcela me olhou, o comentário lhe pareceu cafona. Riu, balançando a cabeça. A cabeleira bagunçada, os fios soltos e compridos.

Ai, a dona Vera. Mulherzinha inconveniente. Sobretudo quando vai comer lá no Kidelicia.

Saiu da janela, deixando mais dedos impressos no céu escuro. Tinha o hábito de dedilhar no vidro, para depois se aninhar no seu lugar favorito, sobre a bancada da cozinha.

Ainda mais que ela não para de falar. Eu não aguento.

Fala baixo, Marcela. A mulher tá aí do lado, e essa janela aberta. Ela é uma pessoa boa, Marcela.

A Vera, é?

Lembra minha mãe, eu disse.

Daqui a pouco vai dizer que também lembra teu pai.

A Vera é diferente do meu pai.

O velho Amílcar?

Não continuei. Pensei que seria maçante falar do capixaba que Marcela conheceu, que viera jovem para São Paulo para ajudar na loja de luminárias do tio. Marcela já conhecia a história do homem que abriu o próprio negócio, que passava o dia todo lá e saía de casa cedo para nadar no Sesc. Lembro dele no café da manhã, às vezes só de sunga na mesa, com o chinelo enrolado na toalha sobre o sofá.

Depois de fechar a loja no sábado à tarde, sentava na cozinha para conversar com minha mãe, enquanto ela preparava macarrão com extrato de tomate, quase do mesmo jeito que Marcela fazia em casa.

E pensar que a vizinha teve alguns terrenos fora de São Paulo e que foi se livrando de todos eles, enquanto punha tudo no cartão, sem pensar nos juros, Marcela comentava.

A próxima observação da minha mulher seria quanto tempo a gente levaria para pagar. Eu a corrigiria com sarcasmo. Quanto tempo Vera levaria para morrer, seria a questão. De alguma forma, era o que Marcela queria dizer.

Mas me conta, Marcela.

Conta o quê?

Como foi estar com o Nelson na festinha antes de eu chegar?

Ah. Apareceu um cara que ele achava que conhecia. Um cara meio com pinta de boliviano, sei lá. Mas não se falaram. Foi um encontro meio estranho.

Do que você tá falando?

Marcela manteve o suspense no olhar. O cara foi embora, ela disse por fim. Pareceu que tinha se equivocado de apartamento, um troço assim, mas não. Eu ouvi ele dizer que ia matar o Nelson.

O Nelson?

É.

E aí?

Ele não fez nada. Mas também não falou mais nada.

Sei. E aí, Marcela? Que história maluca.

Maluca? Eu fui falar com o Adriano, ele sim toma atitude. Mas o cara foi embora. Estranho, né?

Falou olhando para o arco mal tapado na parede. Aquilo tinha que voltar a ser um apartamento único, e com o arco ressurgiria de uma maneira bem aparente, suntuosa, o grande salão que devia ter sido nos anos 50. As janelas duplicariam a vista, para que os dedos da Marcela pudessem manchá-las de uma esquina a outra, redesenhando a paisagem, a praça, como tinha sido borrada e reajustada tantas vezes.

Tem gelatina, ela disse de repente.

Gelatina é a sobremesa favorita da dona Vera.

Pois é. O sabor artificial de morango me tira a vontade de viver.

Marcela segurou o relógio de pulso notando que o tique-taque tinha parado, e eu ainda querendo saber o que haviam feito na festa antes de mim, mas não falamos mais nada. O som algodoado dos cabos do elevador tomou conta da sala. Sentei no sofá e puxei um atlas branco que ficava debaixo da mesinha de vidro. Procurei a palavra Acre no índice.

6

Acordei no meio da noite com umas batidas. Tentei distinguir os sons, mas ao abrir os olhos na escuridão a névoa granulada tomou conta do quarto, tornando-o pequeno e distante ao mesmo tempo. A respiração profunda de Marcela ficou mais forte e tentei projetar a atenção para fora do dormitório, mas não havia mais batidas. Já não sabia se tinha mesmo ouvido alguma coisa ou se fora uma impressão vinda de um sonho.

Saí da cama com cuidado para não acordar minha mulher. Sem acender a luz, fui até a sala, para me certificar de que tinha girado a chave duas vezes no buraco da fechadura. No olho mágico, nada. Eram três da manhã.

Ao voltar ao quarto, deitei, e foi quando ouvi algo de novo. Na madrugada, os cabos flutuantes do elevador com seus sons oceânicos se faziam mais presentes, por isso era mais fácil perceber as coisas. Faltavam só algumas horas para amanhecer, mais um dia de loja. A falta de vontade de estar atrás do balcão me fazia pensar no meu próprio pai, ele mesmo a vida inteira atrás do balcão.

Tentei dormir mais. Por um instante, minha atenção se desvaneceu com a visão das cortinas da sala, cujo balanço ia produzindo uma série de linhas soltas, estreitando-se em seguida, e depois mais linhas soltas, misturando-se à respiração de Marcela, tão exposta e transparente quanto uma água-viva. Se houvesse uma lâmpada acesa, eu veria um sorriso de Monalisa no rosto dela, envolvida no seu próprio segredo enquanto dormia voltada para a parede.

Puxei a coberta da minha mulher. Ela estava transpirando. Marcela costumava se revolver nos lençóis, o que eu via como um esforço para se livrar das imagens noturnas. Mantinha o punho fechado sobre o ouvido, como se a mão enconchada lhe trouxesse a infância de volta. Dormia assim, encolhida ao som do mar. Mar-cela, o mar colado ao céu. Ao acordar em São Paulo, o que sobrava do seu céu era a questão prática de levar ou não o guarda-chuva na bolsa. Mas, enquanto dormia, a brisa indefinida a levava para longe.

Saí e voltei para a cama, ela não acordou. Ajeitei-lhe o cabelo espalhado para que não deitasse em cima dele. Pensei na Marcela criança, em como as coisas mudavam de forma no escuro, e talvez por isso antigamente ela preferisse dormir com um abajur aceso. Fui levantando com cuidado para não despertá-la, tateando o chão em busca da calça caída e do suéter, que estava sobre a cadeira.

Onde você vai?, Marcela murmurou.

Dorme, Marcela.

Ela limpou o beijo que lhe dei no rosto com o punho fechado e virou o rosto para o meu lado da cama, um amontoado de cobertor e travesseiro. Preferi não afrouxar seu relógio.

Entrei no elevador. Um perfume enjoativo misturado a cheiro de cigarro me despertou. Um resquício da festa, concluí, seguramente de um último convidado navegando para o térreo. Espiei distraído pelos vãos dos andares, mas não havia luz em nenhum deles.

Dei de cara com Adriano na portaria, parado ao lado do porteiro, que cochilava com a cabeça sobre o rádio de pilha tocando Roberto Carlos.

Fala, meu caro. A Marcela te expulsou da cama?

Perdi o sono. E a festa?

Acabou. Esse aí, ó, era o último convidado. Adriano pousou a mão espalmada sobre o ombro do porteiro desacordado e em seguida aumentou o volume do rádio. Ô, Décio! Acorda, porra!

Fiquei com pena do Décio. Já nem me surpreendia o modo como Adriano falava com ele, mas o cara trabalhava no prédio fazia um século. Devia ser por isso que me incomodava. O porteiro não tinha sossego, estava sempre exposto às intempéries do síndico, aos abusos mais idiotas do cotidiano. Além do mais se expressava mal, se enrolava inteiro quando tinha que explicar alguma coisa na frente do Adriano, acho que por medo mesmo. Perguntei-me se no Acre haveria síndicos assim. Por que a dúvida? Queria parar de pensar no Acre.

Com os anos, Décio se revelou homossexual e inimigo dos mendigos. Dizia que eram uns porcos. Mantinha um certo coleguismo com os travestis da esquina, conversava com todos eles, o que poderia ser visto como um tipo de proteção para Décio. Nos últimos tempos, a boa vizinhança na madrugada entre ele e os travestis acabava em bate-boca, e a atitude cada vez mais destemperada do Décio o comprometia nas reuniões de condomínio. O fato era que ninguém queria um porteiro impulsivo. Nem bicha, como Vera e Adriano chegaram a concordar certa vez, em uníssono.

Pra que preciso aturar esse povo que suja as ruas e faz baderna a noite inteira?, Décio chegava a gritar, fazendo careta.

O porteiro do turno da manhã ficara no seu lugar durante a festa, mas pelo jeito que encontrei Décio dormindo, nem parecia que tinha saído dali. Estava exausto, nem as ofensas de Adriano surtiam efeito.

Pensei na Marcela, se continuaria enrolada nos lençóis, sonhando com a boca semiaberta. Não acordava nem com buzina de carro nem com gritos na rua. A imagem do homem no Acre voltou. Viajava, ia na madrugada, compondo a paisagem de estradas em construção. Alguns trechos inteiros sumiam durante a época de chuva.

Pô, Décio. Imagina se algum louco ou trombada aparece aí na porta e você nem percebe.

Estou sempre de olho, disse Décio, desligando o rádio. Preocupe não, seu Adriano. Não vou mais, quero dizer.

Aqui no prédio ninguém quer pagar vagabundo pra esquentar cadeira, falou Adriano, sem se mover da frente da mesa do porteiro.

Não era a primeira vez que o síndico se irritava com ele, para em seguida tentar suavizar a própria atitude com um tapinha amigo nas costas do homem.

É que tá todo mundo reclamando no condomínio, meu amigo.

O porteiro, confuso e morto de sono, ficou sem saber como reagir. Tentou se explicar com mais frases truncadas e as mãos trêmulas que se abriram no ar em um círculo, mas não conseguiu. Cochilei, seu Adriano, disse por fim.

O gesto meio perdido do porteiro me fez pensar no Washington. Quando ele morreu, já era um estorvo em Santos. Tinha o olhar perfurado, faminto, andava a esmo em busca de alguma pedra que lhe devolvesse a alma. Ninguém pareceu se incomodar com sua morte. Enterraram e pronto.

Deixa o Décio em paz, Adriano.

A gente já volta, anunciou Adriano.

Décio enfiou na boca o mindinho que tinha grampeado acidentalmente outro dia. Esforçou-se por se mostrar competente, atarefado, mas a má postura dava a impressão de que um ombro pesava mais que o outro.

Tá tarde. Eu não vou a lugar nenhum, Adriano.

O porteiro me olhou. Provavelmente achou que Adriano fosse se irritar comigo porque eu queria voltar para cima.

Ih, vai dar pra trás, falou o síndico.

Tranco a porta, seu Adriano?

É óbvio que é pra você trancar a porta, Décio.

Sim, senhor.

Cabisbaixo, Décio pegou um clipe da gaveta. Passou a equilibrar o metal entre os dedos. Aquele gesto recolhido e meio castigado refletia o tédio das horas que passava junto ao rádio de pilha. Dava para notar no trançado minucioso e bem-feito que fazia com o pequeno metal. Horas de treino. Lembrei dos sons de antes, das batidas na porta, do homem do Acre andando na estrada e de alguém diante de mim.

Tá me ouvindo, Décio, ou já dormiu de novo? Adriano disparava a cada segundo, não era possível. Virou na minha direção e sorriu. É o fim, disse. Até entendo o bode que você tem dele.

Dele quem? Olhei para o porteiro, que acertara sem querer o dedo machucado com o clipe.

Então, Décio. Adriano voltou a falar alto, carregado de petulância. Chupando o dedo, rapaz? Melhora essa tua postura. Já te disse que é pra ficar reto na cadeira. Que esculacho.

Sim, senhor. Desculpe, seu Adriano.

Na verdade esse cara, o Nelson, ele é bem esquisito, não?

Acho que você resolveu implicar com o cara, não? Aliás, com todo mundo.

Sujeito estranho, dizendo que acabou de voltar do Acre. Voltou é da puta que o pariu. Adriano concordou consigo mesmo. Mas ó. Notei que ele tá de olho na tua mulher.

O quê?

O cara é estranho, tô falando. O jeito meio anônimo dele, de ir chegando sem conversa, aquele olhar fixo. Aí tem coisa.

Adriano estava convencido de que era uma espécie de xerife não só do prédio, mas que representava a todos na Vila Buarque. Era o que fazia naquele momento, ao tentar imprimir modos no porteiro, enquanto procurava me involucrar em um comentário sobre o Nelson, o infiltrado no prédio. Logo mais seria a rua.

Tinha uma visão unilateral e paternalista sobre as incursões necessárias e militantes para limpar nosso bairro. Defendia os justiceiros e a ordem. No edifício, ele mesmo resolvia as pequenezas do dia a dia, como a troca de um canteiro rachado pegado ao muro externo, e nas assembleias a última palavra era dele.

É um grande síndico. Isso ninguém pode negar, afirmava dona Vera.

Jeito para a oratória ele tinha, aquecendo o coração dos outros por meio do seu próprio sentido cívico.

Adriano interrompeu o que estava dizendo para testar a parede atrás da cadeira do Décio com a unha, buscando o local da umidade, onde a pintura começava a soltar.

Vem cá, falando em infiltrado, você reparou num cara que entrou e saiu do meu apartamento? Eu não vi, foi a Ana que me disse. Nunca vi o cara na vida.

Como ele era?

Não sei, parece que tinha cabelo bem preto, liso, e o rosto moreno. Todo furado de espinha. Era um cara feio, tipo boliviano. Adriano se virou para mim. A Ana disse que o Nelson olhou bem pra ele, como se conhecesse o cara.

Riu de novo, chacoalhando a cabeça, mas uma onda de seriedade varreu seu rosto.

Então o Nelson deve ter convidado. Só pode ser. História estranha. Décio, viu alguém diferente?

Vi não. Só os convidados. Um pouco aqui embaixo e um pouco lá em cima. O meio sorriso no olhar do Décio, fixado no que Adriano perguntou, fazia-o parecer cúmplice do síndico, mesmo sem saber muito bem de quem ele falava. Esperava o momento de abrir e trancar a porta de entrada, do mesmo jeito que esperava para abrir e fechar a boca.

Vamos dar uma volta? Ar fresco?

A essa hora? São três da manhã, Adriano.

É meu aniversário, não vai me tirar esse prazer. Você sabe o quanto eu amo essa cidade e é meu aniversário. Já te pedi alguma coisa antes na vida, Oscar? No dia mais importante da minha vida?

Você... Bom, Adriano.

Eu o quê?

Não, nada. Vou voltar lá pra cima, antes que a Marcela acorde.

Ih, Décio, ó lá a Suzi. Tua amiga tá sujando o vidro da porta de novo com o nariz dela. Você não anda dando comida pra ela não, né?

Suzi passou olhando para dentro do prédio, intrigada com o movimento àquela hora. Era uma das travestis conhecidas, fazia ponto na esquina da Vila Nova. Tinha um modo carinhoso de tocar o cabelo, arrumar uma mecha atrás da orelha, deixar no jeito. Passou de novo, demorando-se para ver quem estava na portaria. Aparentemente não queria nada, nem cumprimentar Décio, o colega da madrugada.

Adriano olhou na direção da porta. Sorriu. Talvez tentasse estabelecer uma comunicação silenciosa com ela. Era óbvio que se conheciam.

Onde você acha que ela vai, Décio? Adriano se firmou nas duas pernas. Espero que não pra Cracolândia.

E a Suzi é disso, seu Adriano?

Vai saber.

O ar misterioso da Suzi incomodou Adriano. Vi que ele a observava. O corte reto de cabelo sobre os ombros fortes lhe dava um aspecto de androide.

Depois morre que nem um cachorro e ninguém entende por quê. Vamos, Oscar? Rolê.

Tá, vai. Só uma volta, Adriano.

Assim que a gente saísse, Décio tiraria os óculos e os colocaria sobre a mesa para trancar a porta de entrada e ficar parado um tempo ali, observando os travestis por trás do vidro.

Do lado da praça, dava para notar o efeito do tempo nos prédios. À exceção da garagem do nosso edifício, cuja fachada era um retângulo alto de vidros antigos, nada se destacava na quadra. Era um conjunto de construções baixas, com fissuras e remendos, caixotes de ar-condicionado isolados e uma cortina ou outra de cor forte. No nível da rua, entradas de prédios residenciais se misturavam a fachadas comerciais. Eram soluções totalmente diversas que conduziam a uma homogeneidade opaca de arrebiques.

Você acha que a Marcela tá dormindo?

Tá sim.

A Marcela e o Nelson. Os dois se conhecem de onde, Oscar? De Santos mesmo?

Aonde você quer chegar, Adriano? A Marcela e o Nelson são velhos amigos. Namoraram até.

Fiquei sabendo que fugiram juntos na adolescência. Isso você ainda não tinha me contado.

Quem te falou?

Adriano deu uma risadinha de quem tinha marcado um gol, um golzinho, e avançou mais rápido. Tá vendo? Não, nada, Oscar, relaxa. Só estou comentando o que eu sei. Só isso. Adriano apontou para cima e sorriu para mim. O filho da Vera tá te tirando o sono, hein? Tá te deixando esquisito. Digo isso porque eu te conheço.

Havia um gradil meio solto no primeiro andar. O prédio era um dos mais antigos da região. A terracota do fim da década de 40 e o acabamento neoclássico simples, com balcõezinhos e venezianas, ganhavam mais expressividade justamente pela sujeira que empretecia a construção.

Você viu os dois, Adriano?

Que pergunta é essa, Oscar?

Não, nada demais, é só uma pergunta. Achei a Marcela diferente lá na tua casa, talvez você soubesse de alguma coisa.

Não sei, Oscar, não sei do que você tá falando. A mulher é tua, afinal. Adriano sorriu. Ou não?

Adriano, olha aquele prediozinho isolado. Onde tem o bar embaixo.

Quis que ele prestasse mais atenção na construção, que mudasse de assunto. Não estava a fim de discutir com meu vizinho.

Imagina o interior fresco de mármore e os elevadores revestidos de madeira com relevos e espelhos nos tempos áureos, Adriano. Depois de uma reforma barata, devem ter posto compensado, sem os ornamentos antigos nem espelho. Como no nosso.

É assim mesmo, ninguém vai gastar dinheiro à toa. É uma pena, Oscar, mas é verdade.

De certa maneira, pensei, isso era um reflexo da pracinha, reduzida a uma promessa de reforma, como a maior parte das praças de São Paulo, que acabavam sendo forradas de puro cimento, oferecendo um passeio entre as árvores imaginárias. Quis explorar mais essa visão, mas só conseguia me ater aos passos do Adriano, que tinha disparado na frente, indo na direção de Suzi e suas companheiras.

Um drinque em qualquer boteco tá bom, disse Adriano de repente.

Por aqui? Você não acha meio barra-pesada?

Estávamos na esquina da praça quando Adriano cruzou os braços, posicionando-se para falar. Porra, Oscar. Essa é a minha cidade. E se os craqueiros acham que vão dominar isso aqui, estão enganados. Vem, vamos fazer uma inspeção pelas ruas. Dar uns sustos por aí.

Adriano, escuta. Não vou me meter a justiceiro.

Suzi se aproximou. Encostou na grade da praça, segurando-se com os braços levantados. Cuspiu o chiclete que mascava. A luz da rua acentuava o brilho da lantejoula azul sobre seu peito sem sutiã.

Vem cá, Adriano, ela disse.

Conhece teu nome e tudo, hein?

Vai dizer que você nunca se interessou, Oscar. Olha que é uma travesti autêntica, nada dessas coisas operadas. Travesti goza porque não é mutilado. Sente tesão.

Taí uma teoria, eu disse, e ri da boa disposição do meu vizinho. Nem que tivesse toda essa tua vontade, Adriano.

Vou te apresentar. Ô, Suzi, Adriano chamou.

Suzi andou bem devagar. Deu alguns passos firmes e parou na minha frente.

Oi, querido, disse, levantando a blusa para alisar os peitos firmes. Quer mamar?

Quero não, meu bem.

Faço desconto pros amigos do doutor aqui.

Depois da Doutor Vila Nova, descemos pela Marquês de Itu até a Amaral Gurgel. Aceleramos o passo, impulsionados pelo frio. Quanto mais Adriano destrinchava Nelson para mim, olhando-me de canto de olho, mais parecia abrandar meus pensamentos. Sentia-me compreendido, era como se ele colocasse em palavras claras o que tinha me infernizado nos últimos dias, mas que eu não havia sido capaz de situar.

Andamos no corredor do Minhocão, parecíamos parte daquela multidão de moradores de rua encapotados sob as luzes do teto. Fomos até o largo do Arouche, onde havia vários abrigos de papelão, jornal e cobertores. Um gato ou outro miava, na esperança de que tivéssemos algum resto de comida conosco. O perfume dos lírios da banca de flores era intenso.

Parecem casulos, disse o aniversariante, num raro momento poético, parando para admirar as casas improvisadas dos moradores de rua.

Estacou na frente da estátua de bronze do Brecheret para comentar que sempre tinha gostado daquela escultura. Parou para ler a placa ao pé da estátua.

Depois do banho. Vai, Oscar, diz aí alguma coisa dessa mulher, você que sabe tudo do bairro.

Não faço a mínima.

Adriano alisou as pernas da estátua. Viu, Oscar. De onde ele disse que vinha mesmo, de qual parte do Acre?

Só do Acre.

Quer dizer que o sujeito chegou sem nada, de repente. Falou pra mãe que tava no Acre. Até porque a dona Vera não ia inventar uma viagem dessas. E fazendo o que naquele lugar de fronteira, terra de ninguém?

Sei lá o que fazem por lá. Abrindo estrada? Traficando madeira?

Estrada e madeira. Dá pra ver na cara dele esses trinta anos. Não me surpreenderia se ele tivesse um título tipo engenheiro florestal, disse Adriano. Deve ser amigo de um amigo. Vai saber o grau da encrenca.

O que você acha?

Da chegada dele?

É.

Sei lá. Não gostei. Eu tiraria ele do prédio.

Estou comprando o apartamento da mãe dele.

Mais um motivo pra ele cair fora.

Um carro passou acelerado do outro lado do Arouche. A porta do motorista abriu antes do carro frear, e foi quando vi que um homem atravessava a rua bem na frente do veículo. A ponto de ser atropelado, gritou. O motorista saiu rápido do carro, e com uma espécie de cano na mão partiu para cima do pedestre, que recuou e caiu, mas a queda foi por causa do golpe que levou. Logo voltou a ser golpeado, agora por outro jovem que saiu pela porta do passageiro, também armado.

O pedestre tentou escapar, mas foi atingido mais algumas vezes, e vi as mãos alçadas para o ar, implorando que parassem – por favor, por favor, dizia – enquanto levava chutes dos dois, que batiam sem cessar, numa descarga compulsiva de brutalidade. O motorista gritou qualquer coisa e, quando me aproximei, percebi que o homem no chão falava espanhol. O outro que saíra do lado do passageiro exigiu um documento de identidade. Disse que o Brasil era para brasileiros, ou alguma merda nacionalista assim, e entrou no carro antes que a vítima conseguisse reagir. O motorista deu uma última pancada com o cano no homem, correu para o carro e arrancou de uma vez na direção da avenida São João.

Corremos para acudir, Adriano dizendo que eu me acalmasse, que ele era médico. Ajoelhamos ao lado do homem ferido, o rosto tinha tanto sangue que era difícil ver onde estavam os cortes. O cabelo empapado em cima da testa e a baba que lhe escorria da boca estourada me deram náusea, vergonha e vontade de chorar.

Adriano aproximou o rosto e sussurrou no ouvido da vítima. Ô, boliviano. Tá vendo? Isso é pra você aprender, pra parar de ser besta, não ficar andando sozinho por aí. Tem racismo aqui em São Paulo, sim. Adriano olhou para mim e sorriu. Olha isso, o tipo nem reage. O pior é que tem cara de boliviano mesmo.

Você acha que fizeram isso por preconceito?

Jeito de veado ele não tem. Adriano voltou a falar baixo no ouvido do homem. Agora me fala, boliviano, *habla*. Foi você quem assustou minha mulher? Tava na minha festa sem ser convidado?

O homem levantou as mãos, rendido.

Ele tá dizendo que não, Adriano. Deixa o cara, coitado, a gente tem que chamar uma ambulância, Adriano.

Fala a verdade, seu bosta. Adriano encarou o homem no chão. Fala, meu. Era você? Conhece o Nelson? O Nelson do Acre?

Uma poça de sangue se formava atrás da sua cabeça.

Adriano, vamos sair daqui, falei.

Sou contra a violência gratuita, mas São Paulo não pode viver assim, precisa de limpeza. Entendeu, boliviano? Fala, filhadaputa.

O homem gemeu e balbuciou algo em espanhol. Em seguida, parou de se mexer. Adriano levantou e deu um chute nele.

Assistir àquele cara apanhar, apavorado e magro daquele jeito, era repulsivo. Ver de perto a obsessão absoluta do Adriano em dominar até o fim uma vítima para esgotar a própria raiva era uma experiência miserável. Meu vizinho dizia que patrulhava as ruas, mas claramente aquilo não tinha nada a ver com a tal limpeza do centro que ele propunha. Pegou carona no sadismo dos outros, e agora queria justificar seu desejo de matar. E se fosse o mesmo homem que aparecera no seu apartamento? O que teria a ver com sua mulher? Ana sofrera um assalto, e era a desculpa do Adriano para buscar por aí alguém que ele pudesse incriminar.

Comecei a andar na direção de casa, mas, ao perceber que Adriano ficara para trás, parei para chamá-lo de volta. Tinha uma pistola na mão.

Adriano. Porra.

Fica na tua, Oscar. Observa. Esse filho da puta acha que vai entrando no país dos outros assim, é? Que dirá na casa dos outros.

Adriano atirou.

Os caras nem reagem, de tão loucos que eles são. Olha isso, Oscar. Sem exagero, Oscar. Bem louco.

Vou chamar a polícia.

Não fala besteira, Oscar. Vem cá. Atira.

Não.

Deixa de ser fresco. Olha.

Atirou. O sujeito chacoalhou no chão.

Oscar, não existe mais denúncia desse tipo, você sabe. Vai pra qualquer delegacia pra você ver. Com tanto crack por aí, isso se chama legítima defesa.

Adriano. Adriano.

Quê.

Adriano, você viu o homem ser jogado no chão, espancado e é isso o que você faz? Tô voltando pra casa. Agora.

Calma. Peraí. Adriano tirou o tênis, arrancou a meia do pé e calçou na mão. Pegou a carteira do bolso do homem inconsciente. Olha aqui, falei pra você, Oscar. O palhaço é boliviano, mas o RG é do Acre.

E?

Adriano riu. Sei lá. Precisa ter explicação? Olha, Oscar, sinto muito, mas você é um frouxo. Olha a tua mulher.

O que tem?

Ela ali com o Nelson. O que foi uma aventurinha na adolescência pode voltar a ser algo maior. Ou já é.

O que tem uma coisa a ver com a outra, caralho? Hein, Adriano? Ajeitei os óculos.

Até senti uma simpatia distante pelo Nelson. O cara vindo de longe pra resgatar a mãe. Será que ele sabia que Marcela morava no prédio?

Se não rolou entre eles no passado, não rola mais, falei.

Não só já rolou, como tua mulher gosta dele. Mas não te preocupa. Eu te ajudo a botar o cara nos eixos.

Não quero nada, Adriano. Nem gente armada por perto. Isso não intimida ninguém. E é uma grande sacanagem você andar armado pra ficar atirando em qualquer um que não se pareça com você.

Você é que sabe. Se eu fosse você, pelo menos procuraria um advogado. Meu primo, por exemplo. Nem cobra tanto, e tá acostumado com caso litigioso.

Agora meu caso é litigioso.

Nunca se sabe. Vem. Eu tenho três balas.

Você tá louco. Vou chamar a polícia.

Que polícia o quê. Os caras me pagam cerveja pra atirar em vagabundo. Acho que ele tá morto.

Meu. Adriano. Vamos embora daqui.

Adriano andou atrás de mim na praça deserta. Tentei calcular quanto tempo ficamos ali, do lado do homem jogado no chão, acho que foram cinco minutos. Meu queixo tremia de frio, mas logo percebi que era o nervosismo. Adriano cruzou a praça e eu fui atrás, como um irmão mais novo que só sabe seguir. Não havia ninguém. Guardou a arma dentro da calça depois de limpá-la bem. Vendo de longe, não despertava a menor suspeita. Os passos eram firmes como os de um policial.

Fica entre nós, hein.

Você já matou alguém antes, Adriano?

Boa pergunta. Nosso segredo.

Como assim?

Adriano riu. Não gosto de ficar me exibindo.

Então?

Um ou outro.

Quantos, Adriano?

Mas era só gente desnecessária. Preto folgado, maluco de crack, de vez em quando uma putinha muito feia. E bicha. Bicha é foda. Tem que morrer. E que adrenalina é atirar. Da próxima vez é você.

Passamos por alguns mendigos estirados na calçada da Amaral Gurgel e Adriano parou um instante. Voltou, mas foi para ajeitar a ponta solta de um cartaz afixado em uma coluna do Minhocão, com cuidado para não rasgar. Mas, como não havia nada que sustentasse o papel no lugar, puxou a ponta para baixo de uma vez.

Pronto. Rasguei, disse. Bem que eu tentei.

Adriano me olhou com as sobrancelhas erguidas, pedindo reconhecimento. Cruzamos a Amaral Gurgel na perpendicular e entramos na Marquês de Itu. Um transeunte se deteve na calçada de cima para acender um cigarro e dois carros subiram a rua na madrugada vazia.

7

As assembleias ocorriam geralmente na garagem, mas esta era extraordinária, solicitada por dona Vera. Nossa vizinha queria discutir a falta de segurança no prédio e conversara antes com o síndico, insistindo na urgência do assunto e, para facilitar, propôs que fosse no seu apartamento.

Depois da última linha do edital – um aviso de que, se não houvesse quórum, a segunda convocação seria em meia hora –, vinha a assinatura do síndico, Adriano Dellatorre. Não falara com ele desde a noite do seu aniversário, aliás eu o evitava. Quando percebi que o motivo da reunião tinha a ver com o boliviano, fiquei ainda mais apavorado.

A convocatória deslizou por baixo da porta, a mesma afixada dias antes no elevador. O nome do prédio aparecia grifado bem em cima. Trapézio Imperial. Tentei achar engraçado. Como faltavam algumas letras e olhando da rua, eu sempre tinha a impressão de que era Topázio, mas a convocatória servia para me lembrar de que era trapézio mesmo. A ideia de morar em um trapézio imperial me parecia bastante esquisita.

Quando entrei, dona Vera arrastou uma das cadeiras de metal no sinteco, convidando para seu espaço imaginário de conforto.

Senta, você está em casa, filho.

Logo se afastou falando não sei o quê e ressurgiu com uma garrafa térmica enrolada em um pano de prato.

Gente, é só o que tem, disse. Os ombros curvados enfatizavam o oco no próprio estômago. Café. Oscar, as xícaras estão no armário atrás de você. Pega pra mim?

A reunião começou assim que nos sentamos. Era a audiência mais reduzida que eu já havia presenciado. Sem o síndico, que estava atrasado, éramos três: Vera do 9B, Sueli do 1C, e eu do 9A. De certa forma, fiquei aliviado com a falta de gente.

Nossa vizinha estava convencida de que um desconhecido invadira seu apartamento na noite do aniversário do Adriano. Sem saber, referia-se ao mesmo boliviano de cuja morte eu fora cúmplice. Desde a noite no Arouche não consegui mais dormir, e só fui ao apartamento da Vera porque precisava saber até que ponto os vizinhos desconfiavam de algo, se é que desconfiavam.

Ana tinha comentado com Adriano que notara um sujeito estranho na festa, mas não sabia de mais detalhes. Durante a reunião no 9B, parecia que estávamos sentados na sala para resolver uma charada, até porque ali não havia ninguém que tivesse testemunhado a invasão. Parecia até que havia sido uma invenção da Vera, levada por uma rixa antiga que tinha com o porteiro. Por isso havia poucas pessoas.

Faltou segurança no prédio, Vera argumentou. O outro porteiro estava no térreo quando esse homem entrou. Mas o que é que o Décio fazia no aniversário do Adriano durante esse tempo todo? Já sabemos que ele foi convidado pelo síndico pra dar uma passada lá, mas sem dúvida abusou do tempo.

Se isso aconteceu mesmo, foi lá pelas duas e meia da manhã, calculou Sueli. O Décio já estaria de volta na portaria. Pra mim isso continua parecendo implicância tua com o Décio.

Implicância? Tenho certeza que o Décio dormia em serviço. Na hora que tocaram na minha porta, só fui abrir porque achei que fosse o Nelsinho, rebateu Vera, apalpando a nuca. Mas não era. Na minha frente estava um homem pequeno e bem magro. E o susto, gente? Parecia um homem do outro mundo.

Do outro mundo como?

Não dava pra entender direito, acho que falava espanhol. Tinha um rosto moreno, diferente, com aspecto de paraguaio, peruano, sei lá. E foi passando. Entrou nos quartos, na cozinha. Fui atrás dele, o Nelsinho não estava. Era lá pelas duas da manhã.

Espera, falei.

As duas vizinhas me olharam.

Ouvi alguma coisa nessa hora, talvez mais tarde um pouco. Fui até a porta, mas não tinha ninguém. Levantei justamente incomodado por causa de um barulho, achei que eram umas batidas, e fiquei um tempo quieto com os olhos abertos, no escuro. Depois o som do elevador embaralhou tudo, ainda mais com a casa de máquinas em cima do teto: dá a impressão de ter mais movimento no prédio do que de fato tem.

Falei rápido, tentando disfarçar a tensão. Ajeitei uma almofada no colo, mas não achei conforto na espuma. As mulheres não pareceram notar minha ansiedade.

Esse prédio tá uma baixaria mesmo, suspirou Vera. Outro dia o Décio passou abraçado a outro homem na rua, ficaram lá na praça. Onde já se viu? A vizinha me consultou com um olhar. Tem certeza que não reparou nada no corredor naquela noite?

Mas, dona Vera, perguntei, por que a senhora não chamou a polícia?

Chamei o Décio pelo interfone. Não atendeu. Então liguei pro síndico. Ele também não atendeu.

Um sujeito invade seu apartamento no meio da noite. Se não for caso de polícia, é no mínimo estranho.

Olhei para Sueli, que assentiu com um gesto. Fazia questão de mostrar que a discussão a entediava. Estava mal sentada, mas não lhe ofereci a almofada apoiada nos meus joelhos. Não iria dividi-la com ninguém.

Bebi o café, em seguida cocei a cabeça, aproveitando para secar disfarçadamente as mãos suadas no cabelo. Tentei fixar a atenção em cada móvel contra a parede. O tempo passaria mais rápido se estudasse em detalhes o abajur com a cúpula amassada, o toca-discos, a estante laqueada vermelha. Cruzei uma perna. Depois a outra. Estava inquieto, com medo de que reparassem em mim. Voltei a alisar a almofada.

Na noite do aniversário do Adriano, foram as batidas na porta que me fizeram levantar. E aquele cara, por azar do destino, levou uma surra e até tiro. Agora parecia tratar-se da mesma pessoa. Ou eu estaria paranoico. Por que entrou na casa dela? Procurava o Nelson? Supostamente o boliviano com RG do Acre também foi visto no Adriano. E o Adriano com mania de justiceiro.

Eu não parava de dar voltas no mesmo assunto. Adriano ter atirado no homem caído, já meio desacordado na rua, foi uma das coisas mais bizarras que eu já tinha vivido. Agora estava pensando que, se o outro realmente viera a São Paulo atrás do Nelson, Adriano teria feito um grande favor ao filho da dona Vera. Do nada.

Na opinião do síndico, a rua servia de lição para os insones, considerando que muitos deles, na sua cartilha, eram vagabundos. Deviam ser marcados a ferro quente, Adriano dissera certa vez. A justiça educa, acrescentou.

Dona Vera balançava de leve o corpo para a frente, como se estivesse sentada em uma cadeira de balanço. Ia e vinha, sem parar. Pela janela aberta entravam respingos de uma chuva que estava por desabar. A noite estava abafada e só eu parecia me incomodar com a porra do sinteco. A madeira de retângulos alternados era velha e arranhada e não ficaria pior por causa da água que ia cair.

Posso fechar a janela?

Passei a mão no cabelo de novo, não parava de suar. E não entendia a falta do Adriano na reunião. Talvez fosse medo de aparecer.

Ué, Oscar. Pode. Mas tá abafado.

Olhei mais uma vez para o chão. Ela não precisaria arrancar os tacos, era só lixar, como na nossa sala. Tinha lido sobre o Acre outro dia, sobre o mercado negro da madeira. O Acre do Nelson, do cara que vinha de longe. Visualizei-o trabalhando na selva, não como engenheiro, mas cortando madeira, o vitiligo ardendo, o corpo cheio de insetos.

A chuva começou a cair e preferi não perguntar por ele. Na noite em que saí com Adriano, Nelson tampouco estava com a mãe, que acabou sendo assaltada sozinha. Não me surpreenderia se Nelson estivesse fugindo do homem. Fugira a vida toda. Aonde teria ido? Não procuraria emprego aquela hora, de madrugada. Nem na noite da reunião. Do jeito que chovia, devia andar por aí com a calça encharcada, ou quem sabe metido em um bar com seus classificados.

Acomodei os cotovelos sobre a almofada de brim. Era um desses objetos amaciados pelo uso, sem nome nem função. Sueli e eu cruzamos o olhar. Ela queria a almofada e eu, em troca, ficaria com sua vaga da garagem. Marcela e eu tínhamos um carro que ficava em uma garagem alugada na Barão de Tatuí, e sabíamos que Sueli não queria vender a vaga, apesar de nem saber dirigir.

Dona Vera voltou a insistir, Décio só criava problemas, sempre de papo com os travestis e mendigos. Estava convencida de que um deles entrara no prédio. Tinha que ser um deles.

Concentrei-me na maciez da almofada, evitando o olhar asfixiante da Sueli. Os lábios finos contribuíam para sua cara de desiludida. A mulher andava por aí roendo as unhas e de vez em quando eu a avistava puxando pela coleira o cachorro, que não queria andar, atrapalhando o passo das pessoas, fosse no elevador ou na sarjeta. O setter irlandês era um bicho gigantesco. O cão esbarrava no portão, nas pessoas. Ela evitava a praça, para ela não servia nem de atalho. Às vezes dava de cara com os mendigos. Um deles a deixava especialmente inquieta, um velhote magro sem dentes que coçava as costas na grade da praça e desenhava no chão com giz amarelo.

O dia que a senhora não quiser mais, dá esse bicho pra mim? Olha que ele vai ser feliz na rua. Né, Totó?

Quem contava essas histórias era Décio, e a gente caía na risada na portaria. Vai pegar micróbio, Totó, imitava Décio.

Sueli fora professora na Fundação Escola de Sociologia e Política de São Paulo. Dizia o nome completo da faculdade do outro lado da praça. Era algo que decerto a elevava aos barões de café que viveram no casarão entre as palmeiras. Um dia eu a vi parada na frente com o setter, olhando para a construção, com a cabeça ligeiramente inclinada para trás. Achei aquela imagem bonita, a mulher e o cachorro, nada a ver com a Sueli mal-humorada. Eu preferia a casa modernista dentro da praça, que acabou virando a Biblioteca Monteiro Lobato. Até visualizava o senador Rodolfo Miranda na sacada, com a passarela sinuosa coberta que saía da sua casa e ia até a General Jardim.

Décio dizia que Sueli evitava a praça porque havia sido agredida perto das gangorras. A história se repetia, foi semelhante ao caso da mulher do Adriano. Um adolescente armado levou seu relógio e no dia seguinte o mendigo artista desenhou com giz amarelo Sueli com o moço apontando uma arma para ela. O cachorro não aparecia no desenho.

Adriano chegou meia hora depois do início da reunião.

Que susto!, Vera exclamou, soltando a corrente que prendia a porta, e convidou-o a entrar. Até esqueci que esperava mais gente.

Poxa, dona Vera, passaram só três dias desde que entraram aqui e a senhora prende só com essa correntinha? Só isso pra proteger não resolve. Segurança começa na porta de casa. Aliás vocês repararam que a luz tá bem melhor no corredor? A incandescente pode ter uma cor fria, mas não acaba. Bom, mas vamos lá com a reunião, desculpem o atraso, tive um probleminha no hospital.

Entra, Adriano.

O síndico foi entrando devagar, desviando das pessoas, como se a sala estivesse cheia. Em que ponto estamos? Desculpem meu atraso, senhoras. Estava numa operação muito complicada.

Na verdade estamos decidindo se o Décio fica, Vera disse com simplicidade. Sueli?

Ô, Vera. O Décio não tem culpa no cartório. Aliás, pra mim a coisa está mal contada. Mas eu não digo nada. Vou falar o que pra minha vizinha, Adriano? Por que uma pessoa entraria às três da manhã no apartamento dela e levaria só a jaqueta do Nelson? E, aparentemente, apesar da convocatória no elevador e em todos os apartamentos, quase ninguém se interessou pelo assunto.

Vem cá. A jaqueta do Nelson tinha uma faixa branca?

Sim, Adriano. Aqui atrás.

E o cara? Meio boliviano?

Acho que sim, mas não sei mais. Por quê?

Não, por nada. Na verdade houve um óbito lá na Santa Casa, e acabei vendo o corpo. A morte foi naquela mesma madrugada, por isso perguntei.

Ai, gente. Vamos votar? Sueli indicou o horário no relógio na parede. Quero ir embora.

E a senhora veio por quê, então?, Vera quis saber. Pra ficar ostentando essa pressa toda?

Sueli sorriu. Minha querida, eu só acho a implicância com o porteiro um absurdo. E já adianto. Voto contra a demissão dele, se é o que a senhora quer com isso aqui. E a luz fria, Adriano, pelo amor de Deus. Também sou contra.

Nunca tinha ouvido Sueli falar tanto, ainda mais daquele jeito. Ela não perdia uma assembleia, mas reclamar alto assim era novidade.

O síndico pode ser responsabilizado civilmente por obras realizadas sem a devida autorização da assembleia, anunciou dona Vera à sua vizinha, dando um empurrãozinho com o pé na porta do armário que ainda estava aberta depois que peguei as xícaras. O que não é o caso. Todos nós gostamos e aprovamos o trabalho dele. Menos a senhora.

Não estou de acordo, Sueli voltou a dizer. Por acaso não posso falar?

Claro que pode. O mundo é livre.

Senhoras. Vamos resolver logo isso?

Calma, Adriano. Vera ofereceu a caneta para que ele assinasse presença e riu de si mesma, envergonhada, como se fosse ela que tivesse iniciado o bate-boca.

Adriano me olhou com cumplicidade. O síndico queria esquecer a noite no largo do Arouche. Mesmo que não admitisse, devia andar arrependido do que fizera.

Facilitava que Nelson não estivesse. Pensei em Marcela, que acabara de vestir uma camisola antes de eu sair para a reunião, entrecerrada nas cortinas da sala. Quando perguntei se vinha comigo, ela quis saber o motivo da assembleia.

Aposto que é pra demitir o Décio, Marcela disse, distraída em arrancar farelo de um pão francês.

Desde que Nelson havia chegado no prédio para morar com a mãe, parecia que ela inventava desculpas para ficar mais em casa quando eu a convidava para algo, e outros dias fazia o contrário. Saía de casa cedo e simplesmente desligava o celular.

A camisola branca de anjo lhe dava um aspecto sobrenatural, ainda mais contra aquele drapeado da cortina. Marcela jogava bolinhas de miolo de pão francês pela janela. Eu até achava a mania engraçada, jogar para acertar qualquer coisa, jogar por jogar.

O miolo vai para os periquitos, Marcela explicou.

Aqui do nono andar, as bolinhas se perdem na queda, amor. Você não vem mesmo?

Talvez daqui a pouco. Já pus a camisola. Marcela me olhou. Vai me dizer que assunto de prédio não dá uma preguiça enorme.

Vera parou de falar de repente. Olhou na direção da porta. O rosto do Nelson surgiu no vão livre da corrente, como um animal que fareja outros. Ela abriu a porta e o filho entrou em silêncio. Olhou ao redor, notando pelo nosso aspecto de fadiga que era uma discussão que não avançava.

Aquilo que eu te contei, Nelson. Do homem que me empurrou. É disso que estávamos falando.

O homem empurrou a senhora?, Nelson perguntou, como se não tivesse ouvido bem.

Sim, filho. Entrou no apartamento, foi abrindo as portas, lembra? Eu fiquei atordoada. Vera buscou apoio no nosso olhar.

Mas chegou a falar com ele?, Sueli quis saber. Cruzou as pernas e prendeu as mãos por baixo.

Ai, Sueli. Perguntei se ia me assaltar, mas nem falar ele falou. Quer dizer. Falou alguma coisa, mas não lembro. E saiu assim. Pegou a jaqueta do meu filho que estava sobre uma dessas cadeiras aí. Vestiu e saiu. Perdi o apetite desde então, até esqueci de comprar alguma coisa pra servir a vocês com o café. Ainda mais com a notícia do moço que morreu no Arouche. Parece que era a mesma pessoa, né, Adriano?

Nelson observou a mãe, calado, ainda em pé. Em seguida, fitou Adriano.

Filho, o perigo está por todo lado, falou, com a voz rouca de cigarro, italianada. Ninguém se salva.

Ultimamente, continuou Sueli. A mulher balançou a cabeça e prosseguiu. Tem havido ataques desse tipo, e não só na Vila Buarque. Não lembra outro dia, atrás da Capela do Morumbi, que os caras se fecharam na casa com os moradores por oito horas?

O assunto rumou para portas, trancas e chaveiros de má qualidade. Sueli levou as mãos às orelhas para se certificar de que os brincos de bolinha estavam bem atarraxados. O bocejo veio mais explícito e as palavras se esticaram em algo irreconhecível. Calou. Notei no seu aspecto desinflado e sonolento que o batom entrava nos sulcos dos lábios, como o giz infiltrado na calçada molhada.

Mas ainda assim, no nosso prédio, temos esse problema. As pessoas já nem confiam na própria fechadura da porta, disse Adriano.

Qual porta abre qual?, Nelson perguntou de repente.

Filho. Deixa eles concluírem. Só um minuto. Ajeitou o cabelo. Sorriu um sorriso doce e distante.

Dona Vera, aquela que conversava com os mendigos, que os reunia em torno do lanche que ela lhes levava. São Francisco e os passarinhos. Enfiei de volta uma espuma que escapava da almofada.

A campainha soou e Nelson, ainda em pé, abriu. Era Marcela, que não pareceu surpresa com o sujeito bem à sua frente.

Opa, ele disse. Que bom.

Nelson reagiu ao beijo que ela lhe deu no rosto com um afago leve no seu braço. Olhei para o chão, fingindo que não tinha notado. Tentei não achar estranho eles se cumprimentarem assim. Não tinha nada de especial, considerando que se conheciam havia tantos anos. Fiquei pensando se os outros teriam reparado naquela intimidade. Provavelmente Adriano não perderia a oportunidade de comentar a respeito mais tarde.

Marcela tinha trocado a camisola por uma camiseta sem sutiã sobre uma calça de moletom. O cabelo estava penteado de lado, sem a trança habitual que gostava de fazer à noite, para depois cheirar a ponta seca que ela brincava de apalpar, como as plumas de uma peteca.

E aí? Marcela falou com a mesma voz preguiçosa da adolescência. De repente, estava interessada na reunião.

E aí nada, falei.

Pois é, Nelson puxou uma cadeira para Marcela.

Então. Sueli cortou o instante com um gole de café e a aspereza de sempre. Já notou a rachadura em forma de arco na parede?

É. Pois é.

Isso não é um problema do prédio?

Nelson riu, mas ao levantar a cabeça estava mais sério. Isso não é um problema do prédio. É um problema entre nós, os vizinhos. Entre minha mãe e Oscar. Entre você e eu, Marcela. É pessoal, não é estrutural.

Do lado da Vera, a falha parecia ter avançado mais. Era um arco bem definido. Procurei um ponto fixo, precisava mais que uma almofada. Não quis olhar para Adriano.

Bom, gente. Adriano nos encarou sem paciência. Olha, dona Vera, eu tenho uma ideia. Vamos esquecer isso tudo? Mais um café, Sueli? Da próxima vez a gente demite o Décio, tá?

E como é que eu me sinto segura até lá, Adriano?

Até lá a senhora tem o Nelson. Pense que a pessoa que entrou no seu apartamento não queria roubar. E se levou a jaqueta do seu filho, bem, ele devia ser um grande fã do bonitão aqui, hein, Nelson? Deve ser uma história que ele ainda vai contar pra gente em outra ocasião. Se eles rastrearem o cara até aqui, claro que não nos oporemos a uma investigação, mas não é o caso. Vamos deixar a polícia de fora. Se a senhora não fez nem boletim de ocorrência até agora, não tem jeito. Além do mais, o cara já era. Morreu. Eu vi o corpo na Santa Casa. Todo socado, coitado. E cheio de bala.

Pois é. É que eu fico preocupada. Nem sei se o Nelsinho vai ficar em São Paulo. Tudo depende de um emprego. Vai ser mesmo muito bom se ele resolver isso. Ficou muito tempo longe de mim.

Procurando emprego? Mas isso é uma notícia excelente.

Olhei para dona Vera, que não pareceu perceber a ironia do Adriano. Ela prosseguia naquele discurso vago, de se agarrar ao próprio coração, de que o filho viera para ficar.

Então, pessoal. Nelson levantou de repente. Achei uma coisa. Enquanto minha mãe fica discutindo aí, olha o que eu encontrei. Vou mostrar pra vocês. Nada a ver com o condomínio, disse ele. Voltou com uma pasta presa por um elástico.

Filho, estamos numa reunião.

Achei que já tinha acabado. Ou não.

Nelson, por favor. Estamos numa reunião.

Tá, eu espero. Sentou de volta. Marcela fez um sinal com o dedo, chamava-o no canto.

Adriano coçou o braço de leve. Até ele queria saber o que era. Começou a recolher as cadeiras, na esperança de passar perto da pasta. Perguntou em seguida se eu também não queria ver o que havia ali.

Levantei os ombros.

Eram fotos antigas de Santos. Marcela apoiou o braço no ombro do Nelson quando viu uma em que ele estava sentado sobre a mureta da praia, ele e Washington.

Dona Vera, a senhora nunca me mostrou essa pasta.

Marcela abriu um sorriso íntimo na minha direção, que chegou distante. Era para si mesma que sorria, quem sabe para o Nelson. Vamos dar fim à assembleia?

Marcela, você chega, nem acompanha nada e diz o quê?

Que é isso, Oscar? Vamos votar então? Somos quatro. Comigo, cinco. Menos o Nelson, disse Marcela com um sorriso mau na sua direção. Acho que você não vota. O apartamento está no nome da sua mãe. E eu não voto, vota o Oscar.

Mas eu sou herdeiro.

O que conta é o contrato, adiantei.

Filho, aqui é comigo. Quero dizer, conosco.

Votos.

Sueli levantou a mão. Eu voto pra que o Décio fique.

Eu também. Minha voz saiu fraca, tive que tossir para repetir o que disse.

Vera levantou. Vocês sabem o que eu acho. Acho que já passou da hora dele sair.

Adriano concordou com a cabeça. Votaria a favor da sua saída, disse o síndico, mas dona Vera, convenhamos. Ninguém mais viu o incidente. Acredito na senhora, e a senhora pode até alegar danos morais, mas não podemos demitir o Décio assim. Ele está no prédio há mais de trinta anos. Podemos fazer uma notificação por escrito, uma advertência. E você, Marcela?

Eu? Décio Areais? É esse o nome dele, né?

Olhei para Marcela, que me ignorou. Observou o tapete da entrada, pareceu amuada de repente. Concentrou-se na pasta no seu colo, a qual alisava com carinho.

Acho que ele deveria ir embora, falou. Não gosto do jeito dele, sempre simpatizando com qualquer pessoa, falando o tempo todo. Inconveniente. Agora, que isso fique entre nós. Não quero constrangimento pro meu lado. Se eu pudesse votar, mas é só um por casal, certo?

Não esperava aquilo dela. O Décio, que sempre a cumprimentava fazendo uma graça. Quantas vezes elogiara a esposa bonita que eu tinha. A empresária mais elegante que já vira.

Ela, em troca, achava que ele era um cara afetado e cheio de manias. Notara embaixo da mesa uma bolsa aberta com novelos de lã, azuis como as veias gordas do braço fino da Sueli, e as agulhas para o tricô fincadas no trabalho. Nada de mais, mas um porteiro tricotando um cachecol. Nada a ver, né?, ela exclamou. É esquisito.

Mas tudo bem, se já ficou tanto tempo, deixa ele ficar, ué. Não vai fazer grande diferença, declarou Marcela, encerrando a reunião por ser a última a falar.

Voto pra que ele fique. Ai, gente. Que situação mais chata.

Pensei na Tuca, se a Marcela lembrava que ela tricotava também, o mesmo ponto cruzado. Deveria fazer-lhe uma visita um dia desses.

No dia seguinte, chegou o presente. Marcela ficou sem reação. Era um pacote bem embrulhado, estava sobre o tapete da entrada. Décio fizera um suéter para ela. Marcela, sem querer dar o braço a torcer, perguntou se o azul-turquesa combinava com seu tom de pele.

Agora ganho presente do porteiro. Queria saber se alguém falou alguma coisa pra ele. Eu sugeri que ele ficasse, você viu. Por que isso?

Porque ele gosta de você.

Ai, gente, mas esse azul.

Pelo menos você vai agradecer ao Décio, não vai?

Vou. Agora vem cá. Achei o Adriano meio nervoso.

Levantei os ombros, tentando não dar importância à sua observação. Não reparei, não.

Marcela dividiu o cabelo em três e começou a fazer uma trança. Era provável que já tivesse esquecido o que acabara de dizer quando me deu um beijo na boca e perguntou se havia alguma coisa para jantar.

8

Depois de ter encontrado com Nelson no luau, a vez seguinte em que o vi foi na frente do Caiçara Music Hall. Estava com Washington e Marcela, e eu com Bakitéria, o cara da minha classe. Ninguém tinha ingresso, nem Chorão, que de vez em quando aparecia por lá e viu a gente naquela situação, tentando pular o muro sem sujar a calça branca. Ele cumprimentou Washington e até o ajudou com um empurrão quando os guardas não estavam olhando.

É aí que tá a graça, Bakitéria disse, rindo do rastro do meu tênis na cal.

Marcela não quis ajuda de ninguém e pulou antes. Fui o próximo. Do outro lado estava mais escuro, e ela aproveitou para ajeitar a minissaia e limpar os joelhos com um pouco de saliva, como se ninguém a estivesse observando. Senti que me aproximava do seu mundo, do mesmo jeito que ela aproximou o indicador da boca para molhar o dedo mais uma vez. Ela sorriu, apontando em silêncio minha cabeça raspada, como se perguntando se eu estava melhor. Quando Bakitéria pulou, Marcela ficou séria, mudando completamente de atitude. Ergueu os ombros e falou que só estava ali porque não tinha nada melhor para fazer. Concordei com ela. Em Santos não havia mesmo muito que fazer.

Nesta cidade, quando tem show de rock, todo mundo vai. Não é assim?

Ela concordou comigo, dizendo que era o óbvio a fazer. Já sabe até a rotina santista, ela disse. Gosta dos Titãs?

Eu não sabia se gostava dos Titãs, mas o fato dela me perguntar algo sobre música significava muito para mim. Queria saber o que eu pensava, era minha chance de mostrar que entendia do assunto, mas me senti paralisado, não consegui responder.

Marcela disse que ouvia Titãs, mas preferia Paralamas do Sucesso. Contei então para os três que Bakitéria e eu havíamos tentado entrar no Hollywood Rock, o bar de snooker com show. Riram.

Mas lá é difícil de entrar.

Riram de novo.

Aproveitei para comentar que vi os Paralamas saindo, que até conversei com um deles.

Com o Herbert?, ela quis saber.

Não. Com o Barone.

Ela não fez cara de impressionada, mas ajeitou a franja comprida para o lado e me olhou com atenção. Foi como se algo tivesse clareado para ela. Achei-me parte de alguma espécie de vanguarda da música, e a euforia que senti me deixou febril. Melhor dizendo, fiquei de pau duro. Limpei o suor na camiseta que puxei para a frente, tentando disfarçar a ereção. Enfiei a mão no bolso e lembrei que estava sem cueca. Fazia tanto calor que estava virando santista, mas ainda assim senti uma certa timidez pelas minhas novas escolhas: calça sem cueca, tênis sem meia.

Aposto que você gosta do Ira!

Como você sabe?

Ah. É o tipo de banda que paulistano gosta. Que exclamação é essa?

Marcela riu do nome da banda, de mim, do ponto de exclamação. E eu sem saber o que dizer, com a mão no bolso.

É. Fui a um show deles, lá no Projeto SP. Os caras detonaram.

É?

É. Já volto.

Não saí correndo, mas quase. Tinha acabado de trocar uma ideia com ela, uma ideia sobre rock.

Voltei com uma cerveja na mão. Perguntei se ela queria, mas Marcela não respondeu. Já segurava um copo de plástico cheio e estava prestando atenção no Bakitéria, que se dizia acostumado a subir no muro alto da casa de um amigo para espiar a Xuxa tomando sol na piscina do Pelé.

Tô mentindo?, Bakitéria perguntou a Washington.

É verdade. Você me chamou uma vez. Hoje em dia o Bakitéria nem convida mais. Todo ligeiro.

Vou levar a farofada pra ficar em cima do muro vendo a mulher? Se fosse baranga até chamava. Bakitéria riu e me cutucou. E olha que a Xuxa toma sol de topless achando que ninguém tá vendo. É, cara. Você nem sabe como aquela mulher é gostosa. Foi mal, Marcela.

Washington envolveu a namorada em um abraço e lhe deu um beijo no pescoço, mostrando na frente dos outros um carinho inusitado. Aquilo a deixou constrangida. Nelson não pareceu se incomodar com o gesto do primo. Concordou com Bakitéria que a Xuxa era demais.

Por mais que simpatizasse com Washington, não gostei de ver Marcela naquela exibição obrigatória de amor, tudo por causa da Xuxa. Eu sei que no fundo Nelson sentiu ciúmes daquele beijo, do mesmo jeito que eu senti. À frente, o palco estava iluminado.

Acabei ficando amigo do Washington. Ele, Bakitéria e eu roubamos compensado de uma obra ali no Canal 7 que visitávamos à noite. Também levamos tinta branca.

Trabalhamos na pista cinco dias. A gente entortava o compensado no braço, batia o martelo e os pregos iam ficando. Não levou nem uma semana para que ficasse pronto, talvez só uns cinco dias mesmo.

Se contar ninguém acredita, dizia Washington sem parar. Nosso half-pipe saiu na *Fluir*.

Ele foi fundamental no projeto. Bakitéria também estava lá, mas não queria trabalhar. Ficava ali de mestre de obras, gerenciando a qualidade do nosso trabalho, testando a dureza do material com o pé. Quem entortava os compensados éramos Washington e eu.

Ocupamos todo o terreno baldio, ficou parecendo uma montanha-russa. Via a fragilidade do compensado como uma obra de arte que poderia romper-se a qualquer momento. Também havia a chuva que ameaçava nosso trabalho, mas a pista ficou incrível e acabou durando mais do que a gente imaginou. Depois começou a sujar, porém a lenda já tinha rolado.

O pessoal da *Fluir* apareceu para fazer umas fotos, chamaram nossa obra de The Big Wave. Antes só havia uma pista de skate no Canal 7 na frente do mar, onde era a fábrica de pranchas. Os caras tinham qualidade no shape. O famoso shape foguetinho.

No momento em que compramos a revista com a reportagem, a pista já estava toda destruída, mas guardei a matéria, lógico. Além do mais, ela me recordava Washington. Nessa época ele já andava meio pirado, além de desconfiar do rolo da Marcela com o Nelson. Gostou que eu ao menos tivesse tentado dar uma coça no primo dele. Logo depois, ele morreu.

Eu gostava de simplesmente observar a baía de Santos, como ela é muito fechada, e como tudo ali foi construído para escoar. Inclusive está abaixo do nível do mar, mas construíram os prédios mesmo assim. Dizem que não foi erro de arquitetura, mas de lugar.

Tudo muito perto da areia. E era tanto prédio. Quinze anos depois, começaram a cair ao mesmo tempo. Observando do mar, parecia que eles se apoiavam uns nos outros. Empregaram uma tecnologia americana com um macaco hidráulico fixado do lado da viga para que ela pudesse ser destruída e refeita. O processo era muito delicado e aconteceu aos poucos. Cada dia aumentavam o macaco em meio centímetro de altura para possibilitar a reconstrução da viga. Mesmo com a ajuda do ferro, alguns prédios afundaram mais de um metro.

Deve ter sido isso que me chamou a atenção para a arquitetura, assistir àquele desespero de salvar o irremediável entre mar e areia. Bakitéria e eu chamávamos aqueles prédios todos de muleta, ou de Ultraman do Ultramar. Para mim, a possibilidade de deter as areias e impedir que os prédios não fossem puxados pela correnteza tinha uma coisa de grande produção cinematográfica, e eu me imaginava vestindo uma roupa metálica, como os super-heróis japoneses.

Quando saía para surfar, ficava fantasiando que o mar levaria os prédios embora. Dependendo da luz, mudava de opinião a respeito da extensão da praia, do seu aspecto, da sua escala, mas, da água, a baía até parecia maior do que era.

Os cachorros andavam soltos na areia, às vezes eu também via gatos sentados no perímetro da praia ou explorando a vida por aí, inclusive o gato vira-lata da Tuca, o Banguela. Um dia, a ponto de entrar na água com a prancha, chamei por ele na areia, e Banguela veio atraído por um pedaço de bolacha. Acariciei suas costas, sentindo vértebra por vértebra do bicho, ele fechava os olhos e se esticava para não perder o contato da minha mão. Ocorreu-me que estaria disposto a dar um passeio, aquele bicho velho e manso.

Queria fumar maconha bem longe dali para observar tudo lá do mar, mas Banguela acabou não sendo boa companhia. Miou enraivecido, refém, todo ensopado. Subiu em mim, arranhou meus ombros, minha cabeça. Depois daquele dia, nunca mais se aproximou. Lembro que, ao voltar, sentei enrolado numa toalha no chão da sala para assistir televisão. Estava passando Ultraman.

Não era do tipo que matava aula para surfar, isso eu não fazia muito, mas comecei a ir para o mar todos os dias. Gostava dos desenhos das pranchas, da adrenalina, do sal secando na cara. Uma vez fui ao Guarujá, quando começaram os boatos das latas flutuantes de maconha. Tinha visto no noticiário, e no Guarujá, enquanto observava como o mar subia e descia, notei um brilho diferente que seguia no mesmo balanço. Pareciam latas grandes de leite em pó.

Estávamos em outubro, novembro de 1987, e não se falava em outra coisa desde que encontraram as primeiras latas boiando perto de Maricá, no Rio de Janeiro. E não paravam de aparecer, foram meses assim, principalmente no Rio e em São Paulo.

Quem me passou a maconha da lata, já enrolada num cigarro, foi Washington. Fumar estava meio liberado, era um momento pós-militar, diziam. Mas os policiais continuavam fazendo tudo igual, jogando luz na nossa cara à noite, intimando e mandando a gente sair dos lugares. Quando a Rota passava, podíamos esperar qualquer tipo de abuso deles. Mas alguns surfistas insistiam que a coisa estava melhor, diziam até que a maconha da lata transformaria o cenário para sempre, que viera para marcar o fim de uma era.

Contudo, era uma liberdade só aparente. Ninguém mudaria nenhuma regra, nenhuma lei. A turma só queria se divertir. Washington disse que Santos sempre seria um grande clube Lion's, empapado em fios de ovos.

A gente tem complexo de Marquesa de Santos.

Não entendi muito bem o que ele queria dizer com isso. Você tem?

Tenho o quê?

Complexo de Marquesa de Santos?

Olha pra minha cara, mano. Eu não. Meu coração é do Chulapa.

Não sabia que você era tão fã assim do Santos.

Tá me estranhando, Oscar?

Sua paixão por futebol não ia além de vestir a camisa do time quando tinha jogo. Para mim, era óbvio que o mundo do Washington se dividia em duas frentes. Os que fumavam e os que se picavam no braço, jogando as seringas no cais.

Cheguei uma vez a prender a borracha no seu braço, enquanto Washington se picava, mas nunca provei cocaína na seringa. Senti fascinação e horror ao ver uma gota de sangue brotar da sua pele, depois escorrer até pingar na lajota do banheiro do bar. Washington sorria, virando os olhos. Era a droga dos iniciados, praticada nos meios mais obscuros de Santos. Meus colegas de escola e praia só fumavam maconha, assegurando que era da lata, o selo de garantia do momento. Pura fantasia deles. As latas vinham, mas não era todo mundo que tinha acesso a elas. E esses pivetes não se misturavam aos caras da cocaína, mas eu sim, apesar de ficar só assistindo.

Washington era uns três anos mais velho que eu, e me deixava ficar do seu lado, como se fosse seu mascote. Logo percebi que ele passava a impressão errada. Não o levavam a sério, além de ter fama de pidão. Washington remava fora da baía com os surfistas da pesada, que curtiam droga e não tinham profissão, e ficava ali matando tempo, mesmo que não fosse bem aceito por eles.

A última vez que vi Washington foi na praia. Nunca foi bom surfista, mas era bem melhor que Nelson e eu juntos tentando. Um dos caras que frequentava sua roda era amigo do Lequinho Salazar, o mais velho dos três irmãos da melhor safra de todos os tempos do surfe santista. Foram, no mínimo, uma lenda. Bem mais que nossa pista de skate.

Dizem que Lequinho pegou aids dividindo agulha de seringa com uma menina na balada numa etapa do mundial em

Florianópolis. Talvez tenha sido no Hang Loose Pro Contest em 1986, o das ondas perfeitas na Joaquina. Só sei que em 1987 o cara estava bem ruim, de cama. Ficou tão mal que se internou. Mesmo no hospital, acompanhava tudo da cama, com a televisão ligada, e também recebia telefonemas. Ninguém se esquecia dele. Os irmãos, o Picuruta e o Almir, além do pessoal do quebra-mar, todos telefonavam para saber como ele estava.

Washington tinha aquela admiração de moleque mais novo, de pegar onda, de pertencer àquele sangue nobre santista. Um dia ligou. A voz do Lequinho tremia do outro lado da linha. Falou que a praia estava linda, que as ondas estavam alucinantes. Exagerou para animar o amigo.

Mesmo com a doença já em estágio avançado, Lequinho, coberto de feridas, conseguiu fugir do hospital. Buscou sua prancha em casa e foi surfar. E ainda pegou um tubo. Eu estava lá. Foi Washington quem me deu o toque.

Levamos Lequinho de volta praticamente carregado porque ele mal tinha forças para andar até o hospital. As pessoas abrindo passagem pela areia, Washington e eu tentando ajudar Lequinho a cruzar a avenida.

Fiquei mudo, senti a comoção geral vindo de todos os lados, foi um dos momentos mais marcantes daqueles tempos de Santos, até que dois caras apareceram no meio do asfalto e disseram para Washington sair de perto porque ele era carta marcada. Que precisava pagar o que devia. Que caísse fora. Percebi que ele estava todo encrencado, porque nem reagiu. Só olhou resignado na altura do peito do cara que falou com ele.

Um deles chamou Lequinho de amigo e disse que se amparasse nele. O outro pegou a prancha da minha mão. Fiquei parado, vendo os caras se afastarem com o surfista, quando percebi que Washington tinha atravessado a avenida de volta. A partir dali, da divisa da praia com a cidade, foi embora sem falar nada. Fiquei sabendo da sua morte no dia seguinte.

Eu não via Washington tanto assim, mas foi o único amigo que tive em Santos, quem sabe em toda a adolescência. A frustração que senti com a notícia da sua morte piorou quando começaram a comentar do sumiço de Nelson e Marcela. Alguns acharam que a fuga do Nelson estivesse ligada à morte do primo, mas a polícia não investigou pois o pai do Washington, homem influente na cidade, pediu silêncio. A família estava com medo da retaliação de algum chefe de quadrilha. E quem não sabia que o filho do doutor era um drogado? Resolveram respeitar o pedido, não houve nem mesmo autópsia. Morreu às quatro da manhã com um tiro nas costas, na rua, do lado do bar do Vasquinho, e foi enterrado doze horas depois. Ninguém falou a respeito.

Depois da sua morte, lembro da dona Vera na televisão. Nunca a tinha associado àquela mãe desesperada, sendo rapidamente entrevistada pela repórter, confusa diante da sugestão do envolvimento do filho no crime. Não sabia o que responder. A comoção maior estava reservada para Marcela. A televisão a tornou, em questão de minutos, uma espécie de mocinha que só poderia ter sido raptada. Deram um close no portão, nas gaiolas dependuradas na garagem.

Eu assistia àquelas imagens perplexo. No dia em que desapareceu com o Nelson, tínhamos saído para um passeio de regata. Marcela, Bakitéria e eu. Não conseguia acreditar que ela tinha fugido com ele, na noite depois do nosso passeio, o que só fiquei sabendo dias depois. Uma lágrima de raiva escorreu do meu rosto, disfarcei. Estava sentado com Tuca no sofá. Ela me olhou de soslaio, perguntou se eu conhecia a moça.

Foi em Santos que peguei o hábito de andar por aí, de olhar para o alto, para a natureza difícil que me cercava, desde a serra do Mar até a impossibilidade dos prédios planos ao pé da água, além da fiação exposta e atrapalhada da cidade. Era tanto fio que me lembrava uma rede velha de pescador, cobrindo fachadas corroídas, como se a cidade de Santos tivesse ficado anos submersa e um dia amanheceu seca, restando apenas os resíduos que o mar não arrastou.

A fiação ganhou mais enfoque especialmente quando meu pai quis que eu me inscrevesse em um curso técnico de eletricidade básica no Senac. Disse que seria importante para quando eu voltasse para São Paulo e fosse trabalhar com ele nas suas duas lojas de luminárias, na Consolação e na rua Aurora. Argumentou ainda que era algo útil para a vida, que qualquer um tinha que saber trocar um fusível. Para isso não precisava ir à escola, respondi, e então ele se irritou ao telefone, dizendo que não queria filho vagabundo cabulando aula para surfar. Ele não falou de drogas, mas deu a entender que uma coisa levava à outra.

Eu não achava que o curso técnico me livraria de nada, mas comecei a gostar da escola profissionalizante porque ali também havia desenho arquitetônico. Aturava o professor gordo que dava prova surpresa sobre leis das cargas elétricas ou código de cores, chamando os alunos de toupeiras, e convenci meu pai a me deixar fazer o outro curso porque queria estudar arquitetura na faculdade.

Em Santos, com ou sem curso técnico, eu fazia mais ou menos o que queria. Resolvi dar conta do lugar, andar pelos terrenos baldios e testar meus conhecimentos de potência elétrica nas caixas de força dos bairros.

Durante o Carnaval, Bakitéria e eu decidimos apagar as luzes de um quarteirão. Tínhamos como alvo o baile do Clube Regata Santista, mas o blecaute foi geral. Soubemos que tiveram de terminar uma cirurgia cardíaca de emergência durante o plantão no hospital com auxílio do gerador. Por sorte, quando o gerador pifou, o coração voltou a bater.

Era sexta-feira, primeira noite do Carnaval de 1988. Andamos muito pelas ruas, como dois vira-latas, rindo do estrago que fizemos. Na frente do clube, as pessoas mais fantasiadas eram as mais enfurecidas. Nessa época, Nelson e Marcela continuavam desaparecidos, e três meses tinham se passado desde a morte do Washington.

Enquanto Bakitéria foi comprar cachorro-quente, esperei no banco na frente da praia. Fazia um calor dos demônios. Estava despejando o resto da água de uma garrafa em cima da cabeça quando passou uma moça que me lembrou Marcela. Estava toda de preto, a começar pela maquiagem borrada nos olhos, com coturno, capa e camisa fechada até o pescoço, o que me deixou na dúvida se ela era gótica ou estava fantasiada mesmo.

Marcela!

Chamei pelo prazer de dizer alto seu nome, sem ter certeza de quem era. A moça virou, ficou parada um segundo e depois disse meu nome. Era ela. Sentou-se ao meu lado e sorriu. Tinha um sorriso cansado e o suor lhe escorria pelos cabelos. Passou a mão sob a franja.

Você não tá com calor?

Não.

Onde você tava?

Na casa da minha mãe.

Não, antes.

Não sei. Não lembro.

Ri da sua resposta.

Dá pra gente não falar disso, Oscar?

E o Nelson?

Ele não tá comigo.

Marcela limpou o rosto.

Você tá toda borrada. Combina com tua fantasia. É fantasia, né? Ou virou gótica mesmo?

É, agora eu sou *dark*. Até parece, Oscar.

Dark em Santos.

Engraçado, ela disse. Minha mãe me disse pra eu ir pro clube, pra me distrair, mas não tinha luz. Daí eu sentei no banco. Sei lá.

O importante é que você tá aqui, Marcela.

Abracei-a e ela me abraçou de volta. Senti o calor que saía de dentro das roupas. Deu calafrio. Acariciei seu cabelo molhado, limpei sua testa. Ela se deixou ficar, abandonada. Senti que tínhamos algo em comum, uma viagem. Ela era uma exilada como eu, só que vinha de outra viagem. Acabava de voltar de um lugar do qual dizia não ter nenhuma memória. Bakitéria se aproximou com dois cachorros-quentes no plástico branco, fazendo sinal de como assim.

Depois do Carnaval, eu estava saindo do meu curso técnico e nos encontramos na rua, por acaso. Já havia escurecido. Convidei-a para comer em uma barraquinha na praia, perto do aquário, e ficamos até tarde conversando. Ela ia se encolhendo na cadeira, como se antecipasse alguma investida minha. Ao mesmo tempo, perguntou se eu a acompanharia até sua casa. No meio do caminho, mudamos de rumo.

Andamos até a casa da Tuca e entramos devagar. Estava tudo quieto, nem as luzes do corredor estavam acesas. Marcela sussurrou que morria de medo do escuro.

Ao entrar no meu quarto, que ficava no fundo, fechei a janela que dava para o quintal, acabando com a última fresta de luz. Imediatamente depois de dizer que estava com frio, tirou a saia e a camiseta, metendo-se debaixo das cobertas só de calcinha. Fiz igual, e deitei nu ao lado dela. Estava nervoso, nunca tinha transado.

Abracei-a com cuidado. Ela estava de costas, e pressionou o corpo contra o meu. Falamos baixinho das lanternas dos barcos ao longe, da loja de luminárias do meu pai. Perguntei se ela se lembrava do blecaute durante o Carnaval. Contei que bolamos aquilo juntos, Bakitéria e eu.

Marcela riu, pressionando o corpo ainda mais contra o meu. Falamos de muitas coisas por um bom tempo. Encostava minha boca no seu cabelo como se fosse sem querer, no seu ouvido, e sua boca virava de leve na minha direção. Tive a impressão de enxergar seus olhos esverdeados na escuridão.

Senti que não havia obstáculo algum entre nós, mas tentei me controlar o quanto pude, sentindo meu pau pulsar contra sua pele, envergonhado de respirar fundo e de dizer que a camisinha que levava sempre na carteira não estava mais lá porque Bakitéria tinha me pedido emprestado.

Marcela riu. Foi tocando meu corpo enquanto a gente se beijava, mas não me deixava pegar nos seus peitos. Enfiava a língua fundo na minha boca, dizia que estava com frio, que tinha medo do escuro, pedia mais cobertor. Tudo ao mesmo tempo. Pediu que acendesse o abajur, mas logo depois mudou de ideia.

Quero ver o preto pra ouvir o mar, ela disse.

O interruptor estava ali do lado, eu acenderia o abajur, mas ela não quis. Devagar, desci os dedos pelo seu ombro arrepiado. Não segurou mais minhas mãos, só quando abriu as pernas, guiando-me até o calor molhado do seu púbis. Quando subiu em cima de mim, apoiou as mãos contra a parede. No dia seguinte, tentei achar as marcas dos seus dedos, mas no branco só havia um adesivo da Hang Loose.

9

Tinha acabado de chegar do trabalho quando ouvi dois toques na porta.

Na noite do aniversário do Adriano, notara que o olho mágico estava riscado, mas tinha esquecido disso, e mesmo que reconhecesse minha vizinha pelo suéter vermelho e os braços cruzados através da bolinha de vidro, me deu um calafrio, como se um detetive ou um matador buscando vingança pela morte do boliviano tivesse encarnado no corpo cansado da dona Vera.

Que surpresa. Entra.

A mulher sorriu, mas não se moveu. Suas mãos tinham marcas de cera, provavelmente aproveitara o sol para se depilar. Eu achava que era um capricho, um ritual doloroso para si mesma, já que ela não andaria por aí de maiô, pela vizinhança, com a virilha exposta.

Vai ficar aí na porta, dona Vera?

Dependendo da roupa, as axilas e partes das pernas ficavam visíveis, e eu acabava dando uma espiada indiscreta por causa de um resto de cera empretecida, como nas suas mãos, que ela esquecera de remover. Vera, acautelada à porta, tinha os olhos ligeiramente irritados, e isso os tornava mais verdes. Reanimava-os também o desconforto do som monótono e quebradiço do celofane arrancado da sua pele.

Desculpa incomodar. Só vou roubar uns minutos do teu tempo.

Olhou o relógio de pulso, mas não viu a hora.

Tá tudo bem?

Tá sim. Na verdade, Oscar, acabou o pó de café. Não queria ter que ir lá embaixo. Logo hoje. Apesar do sol, foi um dia ruim pro meu reumatismo.

Entra.

Vera levantou a gola do casaco, avançando amiudada. Parecia até que o corredor era estreito demais e a temperatura no meu apartamento tinha caído drasticamente.

Trazia na mão uma garrafa quadrada de cristal grosso lapidado, dessas que enfeitam com algum destilado cor de âmbar as salas das tias. Eu já tinha visto o cristal antes, sobressaía em uma cômoda onde ela guardava a louça, especialmente porque armazenava o pó de café ali. Ajudava que o frasco tivesse a boca larga, o suficiente para que passasse uma colher. Desde que conheci a vizinha, ela mantinha o cristal-relíquia bem posto no canto da sala. Era um desses objetos que me lembravam a taberna adormecida de algum hotel de estrada, ou o fundo falso de uma propaganda de Cinzano.

Senta, vou pegar o café.

E a Marcela?

Não sei, dona Vera. No restaurante? Ultimamente tem esquecido de atender o telefone, de dizer onde anda. São o quê? Quatro da tarde?

Daqui a pouco chega.

É.

Você é quem terminou cedo hoje, Oscar.

Pois é, não tinha movimento na loja.

Ah, não tinha?

Vera me olhou sem disfarçar a curiosidade. Manteve as sobrancelhas elevadas e o tom distraído de intriga, pronta para fazer um comentário à toa a respeito. Contaria ao Nelson. Coitado, ela diria, a coisa não está fácil pra ninguém, e olha que o

Oscar é trabalhador. Usaria o fato de eu estar em casa para justificar o desemprego do filho.

Bom, sempre tem cliente. Hoje foi um dia excepcional, dona Vera, uns manifestantes fecharam a Consolação.

Ela voltou a me encarar, não parecia convencida. Via que eu estava em casa cedo, sem nada para fazer. Não, ela disse. Eu sei. Olha.

Coloquei o cristal cheio de pó de café à sua frente, sobre a mesinha de centro, mas Vera estava com a cabeça em outro lugar. Inclinou o corpo para abraçar o frasco. Estava claro que ela não viera só pelo café.

Vera elogiou em seguida o sinteco, achou o serviço bem-feito. Continuou a fiscalizar o ambiente, olhando as paredes lixadas e o abajur velho de conchinhas que Marcela trouxera de Santos. Comentou que saiu cedo para buscar pão e encontrou a vizinha com quem não se dava, a Sueli. Quis saber se notei como Sueli discordara de tudo durante a assembleia do outro dia. E se alguma vez vi que ela carregava leite de aveia na bolsa para limpar as patas do cachorro no saguão do prédio.

Já vi Sueli entrar no prédio com o cachorro, mas não reparei no leite de aveia, não, respondi.

Vera ia enumerando suas preocupações. Citou o ponto do ônibus elétrico a alguns metros da porta, com o povo aguardando na fila. Os policiais atrás do vidro na guarita, essas coisas.

É que faz frio às seis da manhã, coitada dessa gente.

Pois é. Diga, dona Vera. O que foi?

Às vezes parece que a gente se reconhece no mundo dos outros, né, Oscar? E não consegue guardar os segredos do coração. É o que mais machuca.

Não entendi aonde ela queria chegar com aquilo de coração.

Já notou que, visto da rua, nosso prédio é estreito e escuro, Oscar? Parece um desvão, um caminho de rato, um beco sem saída. Um corredor fundo. Claro que o nome não ajuda. Trapézio Imperial. Deve ter sido um engenheiro quem fez o prédio.

Minha teoria é que o nome era pra ter sido Topázio Imperial, mas se confundiram, dona Vera. Eu até que gosto da coisa circense no nome. Trapézio Imperial. É meio estranho, mas dá sensação de voar nas alturas. Nono andar.

Eu, hein?

E pensa num trapézio, na forma geométrica mesmo. Se o topázio era pra ser brilhante, bem lapidado, a precisão aqui não podia ser mais nítida. Fizeram um trapézio da pedra.

Pois eu acho horrível. Feio mesmo. Agora vou ficar encucada, achando que a gente está no bairro errado. Não é na Aclimação que é tudo nome de pedra? Topázio, turmalina, ágata. Ai, Oscar. E já cansei de dizer pro Décio prestar mais atenção no canteiro de fora. Por menor que seja o espaço, merece uma graminha, uma flor bem aguada.

Voltara às reclamações contra o prédio, até que chegou no próprio apartamento, para dizer que se desentendera com o filho. Então era isso. Aparentemente, viera em casa para pedir café.

Quando foi?

Vera fixou a vista na janela. Uma brisa fez minha vizinha piscar. Faz tempo.

Queria falar do filho. Começou contando como o criou sozinha. Não fora fácil. Dona Vera buscava o que estava lá no fundo, descortinando a vida de costureira que levava, meio disfarçada para que o filho não notasse. Gostava que ele acreditasse que a mãe tinha uma espécie de renda, que não viviam tão apertados assim. Voltou a me assegurar que tinha tido uns terrenos no interior, herança de um tio, que vendera para pagar a vida com o filho.

Eu já estava ficando impaciente com Vera, caindo no mesmo relato que eu ouvira algumas vezes, o dos terrenos que ela não especificava onde estavam, ao contrário do filho, que sempre tinha ficado no Acre. O curioso é que essas terras, mesmo sem lugar no mapa, pareciam mais reais que o Acre, uma unidade de medida vaga do inglês antigo, usada para medir campos lavrados. Um acre, dois acres. Vera prosseguia no seu monólogo arrastado, como se pesasse montinhos de terra com as mãos.

Queria ligar para Marcela, mas não na frente dela. Levantei de repente do sofá e Vera emudeceu. Parou de falar no momento em que contava do filho já adolescente, de quando tinha brigado na praça em frente ao prédio e ela chamara a polícia. Fiquei sem graça de interromper, além de uma curiosidade latente que me invadiu de súbito, pela história que me aproximava do Nelson que conhecera em Santos. Sentei de novo.

É verdade que foi por causa dessa briga que ele foi pra Santos, dona Vera?

Sim e não, Oscar. Vi tudo da janela sem querer mesmo, não estava bisbilhotando, mas a briga na pracinha foi ficando feia e o Nelson estava lá. Antes, na verdade, o Décio, que já era porteiro, interfonou da portaria pra me avisar que tinha começado uma briga. Então eu corri pra janela. Era um pessoal drogado que ficava montado nas gaiolas onde os menorzinhos brincam, sabe? Depois, quando a polícia foi chegando, a coisa piorou. Ele, coitado, estava muito irritado mesmo, e acabou arrancando a orelha de outro adolescente, Oscar.

Ele quem?

O Nelson, Oscar. Foi sem querer, mas arrancou. Quando ele foi algemado, pedi que o soltassem. Falei que era a mãe dele e que havia chamado a polícia depois que o porteiro me avisou, mas disseram que eu não tinha autoridade nenhuma, que a partir dali era com a polícia, mesmo sendo eu a responsável. E levaram o Nelson.

Nossa.

Mas, Oscar... Eu ia permitir que se matassem? Onde já se viu? Uma gritaria absurda e meu filho no meio? Vera inclinou o torso, aproximando-se de mim para imitar, sussurrando, os gritos que atraíram sua atenção à praça: seu veado, traficante, filho de uma puta. Precisava ver. Uma baixaria, saiu até uma notinha desse tamanho no *Jornal da Tarde*.

E o que aconteceu?

O Nelson passou uns meses num centro correcional. Assim que saiu, eu quis que ele fosse pra bem longe. Não gostava do envolvimento dele com aqueles sujeitos, tinha medo de que a coisa ficasse pior. Quis cortar o mal pela raiz. Fiz pelo bem dele. Por sorte, minha irmã morava em Santos. Falecida, coitada, mas na época foi boa com meu filho. Mas eu ter tomado uma atitude, já desde a época que aconteceu a briga na pracinha, por tudo isso ele não me perdoou, sabe?

Sei.

Quando meu filho voltou da Febem – na época era a Febem –, quis até me bater. Mal ele abriu a porta e eu deixei a tigela de macarronada cair no chão, tamanho foi o susto que levei. Ele me empurrou, veio com tudo. Não adiantou eu dizer que queria o melhor pra ele e que se continuasse saindo com aqueles marginais ia virar bandido. E sabe o que respondeu? Já virei, mãe.

Falou assim pra provocar, dona Vera. É óbvio que não virou bandido. Mas e o primo dele? A senhora não tinha medo da má influência dele lá em Santos, dentro da casa da sua irmã?

Ah, isso ninguém comentava. Só fiquei sabendo do problema do Washington quando ele morreu. Ainda assim, nunca soube direito. Acho que nem eles sabiam. Ninguém sabia.

Ficamos em silêncio. Os olhos dela estavam mais afogueados e, sob o peso das pálpebras, parecia que iam queimá-la por dentro. Não tinha como escapar da sua aflição. Respirei fundo, e quis que ela fizesse o mesmo, buscando absorver a brisa que chegava da praça pelo recorte da janela. O som dos periquitos era quebradiço e incômodo como o celofane sobre a pele da Vera. Esfreguei as mãos nos olhos, pensando na Marcela que não chegava, mesmo que ainda não fosse a hora.

Então seu filho foi parar em Santos. Num lugar que ele nunca tinha sonhado estar.

Vera não reagiu. Nem quando perguntei se foi lá, na casa da irmã, que Nelson acabou conhecendo Marcela.

E de mim? Ele nunca falou?

Não.

Não era possível que ninguém tivesse dito a Vera que seu filho quase me matou. Já deviam andar preocupados com Washington e talvez não quisessem estressar mais a mulher. O mais estranho para mim era que a vizinha tampouco tivesse associado Marcela, a santista do 9A, aos dois primos adolescentes. Devia achar aquilo imoral, sei lá, a tal moça que namorou Washington para depois fugir com Nelson por três meses, voltando sozinha para Santos.

Vera preferiu deixar no passado a lembrança da moça que escapara com seu próprio filho, talvez porque achasse que Nelson havia cometido um crime de verdade dessa vez, quem sabe matado o próprio primo. Washington tinha morrido dias antes do sumiço de Nelson. Se eu me lembro bem, a morte ocorrera na madrugada de um sábado, o enterro horas depois, e a fuga de Marcela e Nelson na terça ou quarta-feira seguinte, à noite.

Minha Marcela, com a promessa do sal no corpo, silenciosa e arisca. Lembro dela no dia da fuga, do nosso passeio inusitado de regata – ela, Bakitéria e eu –, sem imaginar que ela e Nelson estavam com a mala pronta. Os três meses que passou fora com Nelson lhe deixaram uma marca profunda, eu tinha certeza disso, mesmo que não soubesse identificar onde estava essa cicatriz.

Depois, em São Paulo, lembro dos primeiros anos na praça Roosevelt, que se transformaram rapidamente em dezoito de quitinete. Não vou vitimizar minha mulher por ser uma caiçara em São Paulo, nada disso, mas Marcela sempre foi meio selvagem. Vivia nos cantos, passava uma sensação de desconforto nos lugares. Quanto mais fechados, pior para ela. Não sabia para onde olhar, o que fazer. Acho que não mudou em nada, só aprendeu a disfarçar.

Marcela e eu saímos casados de Santos, mas ela já tinha perdido o bebê. Não chegou a fazer enxoval, a mãe deu umas coisas e as pequenas ilhas de roupa iam se acumulando pelos cantos da casa da Tuca. O aborto coincidiu com a notícia de que eu tinha passado no vestibular, lembro da mãe dela buscando as coisas de volta, parando para tomar café com Tuca.

A perda espontânea aos cinco meses de uma gravidez não planejada não despertou o interesse por outro filho. Quem sabia do aborto fazia cara de consolo, mas não tinha o que consolar, uma vez que não houve exatamente sentimento de perda entre nós, o que para mim confirmava o isolamento dela, não só em São Paulo. Estava sozinha, sempre.

Para mim, Marcela vivia um momento de transição. Não estudava e, quando arrumou um emprego mais tarde, não comentou em casa. Ia e voltava, enquanto eu dividia meu tempo entre assistir às aulas no Mackenzie, de manhã, e ajudar meu pai na loja da Consolação, à tarde.

Meu pai me alertou que ela não tinha pulso para a cidade grande, mas eu defendia Marcela, dizia que se adaptaria com o tempo. Lembro do elevador, das pessoas entrando até se esmagarem e Marcela virando o rosto para o lado, sem suportar o cheiro dos outros, o suor do povo. Para ela, aquilo sim é que era barbárie. Na quitinete, dizia que sentia saudades da praia, até dos vendedores escurecidos pelo sol, de calção e chinelo, oferecendo suas criaturas moribundas, os caranguejos que morrem a morte lenta no calor do asfalto, debatendo-se na corda que os atravessa e os une. Eu pensava com nojo naquele dedilhado vertical, o cordão cheirando a podre, a mar, a gasolina.

Quando não estava trabalhando, Marcela dormia com a tevê ligada. Ficava afundada no colchão, enrolada no lençol. Era visível como seu corpo às vezes estremecia, caindo em um sono cada vez mais profundo, que por sua vez a fazia dormir mais ainda. Vivia em um estado permanente de sonolência. Perguntei-me se era assim em Santos, e meu pai, pelo seu lado, insistia, dizendo que aquilo era doença ou outra gravidez. Nada disso, eu lhe respondia com a exatidão que só eu sabia apreciar. Marcela gostava simplesmente de dormir. E eu comecei a apreciar a importância do seu sono.

Chegava cheio de vontade em casa, minha obsessão era vê-la inanimada, para despertar aquela presa nos lençóis, minha mulherzinha que cheirava a algo macio, enquanto seu olhar abismal implorava que a deixasse em paz. Nossos corpos coexistiam como os caranguejos vendidos na estrada, unidos por um fio, Marcela com os cabelos desalinhados, cutucando meu pé com a ponta do seu, e eu percorrendo seu corpo em busca de coisinhas. Era um prazer mórbido de beliscos e beijos suaves na sua carne, esperando que ela fosse perdendo a força para ceder à minha insistência. Isso me atraía mais a ela, àquele corpo que se deixava abandonar.

De tanto ver programa culinário na tevê, veio o hábito de cozinhar. Testou empadinhas até chegar à perfeição. Na quitinete da Roosevelt, jantamos empadinha durante meses. O cheiro de queimado se sentia no elevador às vezes, ela jogava bandejas inteiras no lixo e tirava lascas do dedo com a faca. Quando não havia empadinha, comíamos bolacha em silêncio e algum resto de arroz. Testou mais receitas, mas, ao arrumar emprego como balconista no shopping, passou a vender o que cozinhava em casa. Em pouco tempo ganhava mais dinheiro com as empadinhas, sanduíches naturais e brigadeirões do que com o próprio salário fixo.

Mesmo assim, Marcela era uma figura solitária que não se encaixava. Ia e vinha. Acordávamos um em cima do outro, e ela recomeçava mais um dia, marcado por uma coisa que levava à outra, como ela costumava dizer. Explicava a vida assim, enquanto mastigava bolacha com a boca aberta, segurando o pacote. Sentava na cama mantendo os ombros ligeiramente curvados para a frente, e no rosto pálido o olhar infeccioso. Beliscava meu corpo de volta para brincar. Dormia sem sutiã e admirava-me a capacidade que ela tinha de desprender a peça só com dois dedos, fazendo saltar de uma vez os peitos pequenos, pontudos e delicados.

Na televisão passava desenho animado e eu nunca sabia se ela queria que mudasse de canal. Não parecia fazer questão. Para os de fora, poderia parecer descaso ou desamor, mas entre nós o silêncio tornara-se uma espécie de mar liso. Sentia que ali havia um entendimento, uma cadência, uma costura íntima de poucas palavras, sem rixas ou desacordos. Nem sempre ela reagia ao que eu falava. Não tínhamos que entreter um ao outro.

Aquilo me orgulhava a princípio, mas depois me deixou um pouco triste, triste como as andanças solitárias até a piscina, que continuei frequentando. Eu seguia a rotina do meu pai. Todos os dias ia com minha sacola de plástico até o Sesc da Vila Nova, antecipando o cheiro de cloro nas coisas que via pela rua.

Minhas mãos descamavam. Fantasiava que se desprenderiam do meu corpo em pedaços e escoariam no córrego que passava embaixo da piscina, o Anhanguera, que também cruzava a Consolação, a faculdade, a praça. A água corria sem sal, sem ondas, sem nada que a prendesse a uma praia. Dobrava a esquina da padaria com as mãos seguras no bolso, e ia com os olhos baixos, perfilando a calçada, como um rato da região, parando para me surpreender no reflexo das vitrines das lojinhas, que não eram muitas.

Sonhava com um prédio na Major Sertório, e um dia vi um apartamento à venda. Passava na frente dele a caminho do Sesc. Gostava tanto do prédio que cheguei a criar quase sem querer o hábito de riscar a unha na parede externa, na aspereza do cimento dos anos 50, sentindo o cheiro do pó aquecido pelo sol. O acabamento neoclássico com venezianas esquecidas, diante da praça charmosa que eu frequentara quando criança, era o que me fazia gostar dele. Dava a impressão de estar em outro tempo.

No nosso prédio – pois a gente já chamava de nosso antes mesmo da compra –, a terracota suavizava a decadência, o que eu não via como um problema. Era um dos mais antigos da região.

Isso foi no final de 2005, quando meu pai morreu. Vendi a loja da rua Aurora e resolvemos investir no apartamento. Trabalhei duro justamente para poder pagar as parcelas, enquanto Marcela continuava com as encomendas de comida.

Quando nos mudamos, entrávamos no prédio sentindo que o endereço tinha algo de heroico, não só pelo adorno das janelas, em uma linha que evocava outros tempos, mas também pelos córregos cobertos da região. Marcela ria quando eu falava desses subterrâneos de São Paulo.

Fantasias de arquiteto, ela dizia com doçura. Eu retrucava que nesses subterrâneos corriam os resíduos, mas sem o reflexo do sol como nos presentes de Iemanjá flutuando nas ondas, com um resto de linha de anzol enrolado junto, ou um emaranhado de rede, como se as surpresas fossem feitas de náilon e boiassem para sempre. As águas subterrâneas de São Paulo, ziguezagueando pela cidade, iam afundando ainda mais os prédios, e minha teoria de menino era essa. A Vila Buarque já tinha afundado, por isso os prédios não eram altos, como em Santos. Marcela ria.

Vera me olhou, querendo adivinhar o que eu estava pensando. Odiava ser surpreendido por ela, que me levava a pensar em algo mais mesquinho: será que Marcela sempre soubera que Vera era mãe do Nelson? Não sei. Talvez sim. Era algo que nunca me passara pela cabeça, mas agora, só de olhar para a vizinha, pensar naquilo me deixava confuso.

Oscar?

Mas por que o Nelson foi embora pro Acre?

Foi embora porque ficou chocado com a morte do primo, coitado.

Nossa. Fugindo da morte do primo.

Do sofá, dona Vera não me olhou de volta. Se não me falha a memória, Oscar, tudo começou lá em Bertioga. O trabalho, quero dizer, que o levou pro Acre. Conheceu um homem que tinha um negócio de carros usados que o ajudou. Depois de aprender a dirigir, tirou a carteira de motorista lá mesmo e passou pros caminhões de mudança.

Cada vez mais longe na estrada, falei.

Até o Acre. E não era foragido, como disseram por aí. O Nelson aceitou trabalhar como motorista. Depois estudou engenharia na capital do Acre. Rio Branco.

Engenharia, é?

Um onda de empolgação a fez sorrir. Chegara na parte boa da história, no momento em que o filho se ajustava na vida, mesmo que tudo aquilo que estava me contando me parecesse uma grande invenção. O sumiço dos dois foi bastante comentado em Santos, Nelson não poderia simplesmente ter ficado ali do lado, em Bertioga, durante meses sem ser notado. Ainda mais com aquelas mãos manchadas e o temperamento explosivo que tinha. E não poderia dirigir caminhão sem carteira de habilitação. Teria que ter pelo menos uma carteira falsificada.

Nos primeiros dias em São Paulo, o Nelson quase não saía do apartamento. As semanas seguintes à sua chegada foram as mais longas. Agora sai, mas ainda está sem função, ela disse. Não se acha aqui.

Depois de tanto tempo fora, acho que é natural, dona Vera.

É, eu sei, mas sabe que tudo aflorava, as recordações? O Nelson perguntava sobre o homem do bambu na boca dando paulada no saco preto na Barão de Itapetininga. Os gatos do Teatro Municipal que invadiam o palco durante o ensaio geral. O Viaduto do Chá. Parece que os néons do centro nos anos 80 latejavam na sua cabeça. Meu filho chegou até a cantar umas vinhetas antigas. Como é que é? Arouche, Barão, São Bento e Direita, só na Jeans Jeans Tarka.

Ri do seu ritmo, requebrou ao falar a estrofe, enquanto eu tentava pescar as imagens nos seus olhos. E ele veio assim, do nada? Sem planos?

Já vai arrumar um emprego, ela me respondeu.

Ah, veio pra ficar.

Meu filho não é vagabundo, preocupou-se em dizer, e virou o rosto na outra direção. Pôs-se a falar baixinho, estava ansiosa com a família do Nelson no Acre. Apesar de ter tentado falar com a mulher, não tinha conseguido. Vera me disse que Nelson não tocava muito no assunto da mulher. Aliás, evitava.

Não sabia que tinha mulher.

É, mas acho que ele não quer mais voltar pro Acre. Quer se desfazer por completo da vida de lá, esquecer aquele fim de mundo. Inclusive da mulher e dos filhos.

Filhos?

São os filhos dela, nenhum com ele. E se não casaram até hoje, isso pra mim já diz muito. Mas sabe como é. Moram juntos, então é como se a Simone fosse mulher mesmo. Vera limpou a umidade do olho que teimava em aparecer nas horas mais inconvenientes. Guardou o lenço de pano de volta no bolso da calça. Sabe, Oscar, não queria que ele tivesse planos de ir embora de São Paulo.

Mas tá preocupado com a mulher, imagino?

Se tentou ligar foi pra não ficar mal, Oscar. É ruim sumir de repente.

Ficar mal, dona Vera? A senhora acaba de dizer que eles têm uma vida em comum.

Vera segurou o próprio braço. Recomeçar aqui? Trazer a família do Acre e enfiar onde? Se pelo menos fossem os filhos do Nelson. E ele quisesse estar com ela.

A falta de interesse da Vera pela família do filho combinava com sua respiração suave. Para ela, a simples possibilidade do filho retornar ao Acre era mais distante que o lugar em si. Senti curiosidade em saber como eram esses filhos da Simone criados por Nelson, se tinham alguns dos traços dele. Talvez falassem de um jeito meio paulistano ou fossem um pouco folgados que nem ele. Vera deu o assunto do Acre por encerrado ao levar a conversa para os primeiros anos do próprio filho.

Engraçado, quando o Nelson era criança, disse que não teria bebês. É que não teve pai, acho que foi isso. E o teu, Oscar?

O meu o quê? Pai? Morreu na rua, ataque cardíaco.

É?, Vera quis saber. Engraçado que a gente nunca falou disso. Foi um pouco antes de eu comprar este apartamento.

Geralmente é assim. Um vem depois do outro, ela disse. Herança?

Pois é. Foi o que facilitou a compra. Ele morreu e eu vendi a segunda loja de lustres. Dava menos lucro e havia outro funcionário tomando conta. Eu também não me sentia parte da rua Aurora, sabe?

Com tanto maloqueiro, nem eu, Oscar. Bem que o Adriano tem razão em reclamar do centro, que a cidade está suja.

Pois é, fiquei só com o Lustre Imperial. Lembra o nome do nosso prédio aqui, né?, perguntei, mas Vera não reagiu. Então, meu pai morreu. Morreu de manhãzinha. A polícia telefonou.

Era cardíaco? Ele tomava remédio pra hipertensão?

Levei um tempo para responder.

Engraçado a senhora perguntar isso.

Por quê? Você toma, ué. Achei que ele também tomasse.

Hoje parece lógico mesmo, mas na época eu nem desconfiava que ele escondia remédio. Descobri depois.

Escondia de você, é? Vera perguntou de leve, quase distraída, enquanto examinava a parede.

Pois é. Não devo ter notado porque, depois que parei a faculdade, ficava a maior parte do tempo na rua da Consolação. Ele ia lá de manhã.

No Lustre Imperial.

Isso. Quando ele morreu, comecei a cogitar fechar uma das duas lojas pra dar entrada neste imóvel. A gente ficou muito tempo na quitinete antes de vir pra cá.

Se estivesse vivo, teu pai teria aprovado tua mudança. Aqui é melhor que quitinete.

Não sei. A gente brigava muito. Implicou tanto com a ideia dos estudos que desisti na metade do caminho. Pra ele, pagar uma faculdade de arquitetura era péssimo investimento. Acho que foi porque ele não estudou. Dizia que era caro e ainda o ambiente dos arquitetos iria me dar um gosto afrescalhado pra vida, de botar defeito em parede mesmo.

E não é que ele tinha razão? Você é que nem o Adriano, só que, enquanto você só observa sem falar nada, nosso síndico bota a boca no trombone. Pensa que eu não noto que você não fala as coisas?

É, teu filho sempre me achou um bunda-mole.

Nada disso.

Devagar e sempre, dona Vera. É o que eu digo. Eu tenho emprego e uma mulher que trabalha.

Sorte tua, Oscar. Meu próprio filho tem diploma de engenharia. Ou seja, não é por falta de profissão que está sem trabalho.

Bom pra ele, quem gosta de trabalhar?

É.

Na loja do meu pai, quando ele aparecia de manhã, trazia ovos cozidos. Eu detestava a situação. Ele e eu sem assunto, enquanto ele ia testando o som da casca na borda de um prato pra depois levar um bom tempo descascando o ovo. Gozado que o telefone tocava bem nessa hora.

Ele falava de boca cheia?

Não. Ficava escutando o telefone tocar. Dava uma atenção meio autista aos detalhes. O barulho na loja o incomodava, o cigarro dos outros, o trânsito na frente, o noticiário em casa. Sei lá.

Mas estava disposto a te ensinar uma profissão.

É, dona Vera, diria que sim. Apesar da falta de motivação.

E o Nelson? Chegou de repente ou a senhora já sabia que vinha de viagem?

Vera tentou evitar olhar para mim. Pois é, se tivesse avisado, eu teria ido buscar. Mas meu filho é difícil, sabe? O menino é impaciente, quer fazer tudo sozinho. Chegou cedo do aeroporto e quando perguntei por que não tinha avisado, disse que não queria dar trabalho.

Vera fez o sinal da cruz e abriu um sorriso interno.

Orei muito por ele, sabe, Oscar?

Ele ficou feliz de ver a senhora?

Minhas palavras caíram como água quente. Melhor que não tivesse orado coisa nenhuma, que o deixasse em paz, porque pela careta que fez tive a impressão de que sempre fui um pesadelo pra ele, continuou Vera.

Por quê?

O Nelson disse que também rezou muito por mim, lá no Acre. Mas sabe quando a gente não tem certeza se a pessoa está falando a verdade? Pensei que meu filho tivesse esquecido de mim.

Como esquecer? Querendo ou não, dona Vera... Não completei a frase.

É, sim. A mulher apertou o peito com as mãos. Daí a gente sentou, eu fiz um cafezinho pra ele e ele me contou um pouco da sua vida. Não queria ser indiscreta, sabe? Fiquei só ouvindo, sem fazer comentários. O Nelson falava rápido, achei que no fundo não queria dizer nada, mas que me devia algum tipo de satisfação.

Explicou por que passou tanto tempo fora?

Ah, disse coisas pra eu me sentir bem.

Tipo?

Carrego esse peso todos os dias comigo, ele disse pra mim. Queria pedir perdão pra senhora. Essas coisas. Daí eu disse que senhora é démodé, e que podia me chamar de você. Foi assim que eu falei. Achou muito intrometido da minha parte?

Não.

O Nelson ficou sem saber como continuar, sabe? Daí eu quis lhe dar um abraço, mas ele se esquivou. Fez cara de agradecido, mas dava pra ver que ele não queria que encostasse nele. De repente ele levantou, abrindo passagem entre as cadeiras. Vomitou no banheiro da área de serviço, sem tempo nem de levantar a tampa da privada. Passou os minutos seguintes tentando limpar aquela sujeira toda, o que o fez vomitar ainda mais. Nem percebeu que eu estava vendo aquilo tudo da cozinha.

Desde que chegou, meu filho não dorme direito. Fica abrindo os armários, as gavetas, como se faltasse ar. Fica procurando o que fazer. Ele demonstra apreço especial pelo filtro de barro na cozinha, pode? Gosta de limpar a vela, troca a água todos os dias.

Ó lá, depois sou eu quem se parece com o Adriano. É o Nelson, dona Vera. Com mania de limpeza assim.

Vai ouvindo. No dia que chegou, o Nelson já foi abrindo a porta do primeiro armário. Reclamou do cheiro de umidade. Fiquei envergonhada porque ele deve ter visto que a madeira de dentro estava velha, carcomida. No cabide, havia um terno que ele não reconheceu. Na parte de cima, algumas camisas.

Do lado, uma sacola velha com um pijama de mulher que ele tampouco reconheceu. Eram umas roupas que uns clientes não vieram buscar. E foram ficando, daí eu de vez em quando reformava uma ou outra e usava. Tem que reciclar, né?

É, sim.

Então. Achou esquisito a coisa das roupas, imagina se eu contasse de onde vinham.

E?

E ele naquela pressa doida, não sabia se precisava voltar ao banheiro, quando resolveu sair de casa. Saiu descendo as escadas, nem se despediu. Parou no meio da rua, eu vi daqui de cima.

Ele foi pra onde?

Foi na direção do centro. Ele sempre gostou mais do centro que de Higienópolis. E tem o Copan. Impossível que se esquecesse das nossas microviagens até uma das quitinetes do Copan. Devia estar com saudades.

Do Copan?

Não, da vida de infância, sei lá. Eu o levava até a casa da costureira que morava lá. Era ela quem me passava trabalho. Nelson de menino podia ser danado, mas quando andava na rua dava a mão pra mim direitinho. Acho que fiz bem em passar um pouco de medo pra ele. Um medo saudável, tipo medo do desconhecido.

E então? Pra onde ele foi, dona Vera?

Perdi de vista.

Observei dona Vera contar, e com seu relato veio à minha cabeça a propaganda antiga de rádio. Levi's é no Centro, na Jeans Jeans Tarka. Abaixei a cabeça ao sorrir. Além de Santos e da Marcela, tinha achado mais uma coisa em comum entre Nelson e eu. A rua vista do nono andar.

10

Passava das cinco e meia, mas o agito seguia igual, com ruas cheias de gente ao celular, segurando compras, filhos e chamando táxis entre as barraquinhas que iam sendo desarmadas, e alguns vultos mais ou menos conhecidos que se destacavam nas lojas e armazéns ainda abertos. Depois da conversa com dona Vera, liguei várias vezes para Marcela e, como seu telefone estivesse sempre desligado, resolvi dar um pulo no restaurante. Naquele horário, em especial, dava para notar o mundo fisicamente forte no encontro dos bairros Vila Buarque e Santa Cecília, ao pé do Hospital Santa Casa, com médicos e enfermeiros de jaleco branco que se misturavam ao comércio do fim do dia.

Notei que tinha esquecido a chave do Kidelicia quando cheguei à frente do janelão fechado, e foi também que percebi o quanto tentava encobrir a irritação que sentia por causa do sumiço da Marcela e do seu comportamento evasivo que já durava dias, semanas até. Na ponta dos pés, tentei espiar pela fresta no alto da porta de correr e, como imaginava, só avistei cadeiras invertidas sobre mesas de fórmica à espera do dia seguinte.

Liguei para minha mulher de novo e bati na porta. Nada. Do outro lado da rua estava o hospital de tijolinhos da Santa Casa, que começava já no muro da frente. A complexidade simples e abstrata do um sobre dois até me fazia pensar no sinteco novo do nosso apartamento, mas era também uma espécie de raios x, de tecido transparente, que me projetava para dentro do hospital, com odores específicos, leitos recém--trocados e pacientes perdidos pelo corredor.

Senti alívio ao apoiar a testa suada no vidro. Fechei os olhos, e até pensei ter ouvido vozes do lado de dentro; cheguei a imaginar alguém no caixa, no meu lugar, nos dias em que Marcela tinha trabalho demais na cozinha. Em oito anos de existência, o Kidelicia se tornara o almoço por quilo mais popular da região. A fórmula inicial da Marcela era uma combinação básica de três pratos feitos, os famosos PF do bar da esquina de casa. Marcela deixou de fora clássicos de boteco, como ovo cozido na água de beterraba, e me pedia para provar cada experimento. Foi a única época em que havia comida em casa, mesmo que fosse arroz com feijão, escalando para cuscuz de tapioca e gelatina de três cores. A coisa tomou ar profissional quando, depois de vender marmita aos vizinhos, contratou duas cozinheiras e abriu o restaurante. Trabalhavam com riqueza de pormenores no calor asfixiante da cozinha, que parecia penetrar as paredes.

Já depois do segundo ano eu costumava ir às sextas para ficar no caixa porque era quando enchia mais; porém, como o volume de gente continuava crescendo, comecei a aparecer quase todos os dias, deixando meu empregado na loja da Consolação. Não era de ficar analisando as pessoas, mas no Kidelicia sempre havia gente para olhar. O jeito que escolhiam o prato e depois sentavam à mesa, alguns falando só o necessário, garfo no ar, prestando atenção com os olhos meio embriagados e a boca costurada de cheia. Eu ficava no caixa, acostumado ao sorriso culpado do cliente ao levar um Sonho de Valsa para mais tarde, enquanto eu preparava a nota fiscal paulista.

Anotava planos no guardanapo, o de expandir o Kidelicia ou talvez mudar de local, mas considerando os riscos de perder a clientela, por exemplo. Perguntei a Marcela se era o caso de fechar o Lustre Imperial. Ela me olhava indecisa.

Tínhamos algumas dívidas pendentes e a infiltração na cozinha do restaurante não podia esperar. As contas do mês estavam puxadas, além da prestação de compra do apartamento da dona Vera. Recentemente o que mais me preocupava era a possibilidade do Nelson ficar em São Paulo e se isso não desencadearia uma briga na justiça. Para o apartamento da sua mãe fizemos um contrato informal assinado no cartório, mas não sabia se ainda assim ele poderia lutar por algum direito de herança.

Seguia nos meus pensamentos quando um rapaz me cutucou. O restaurante tá fechado, ele disse.

Eu sei.

Então tá olhando o que aí dentro? E tá sujando o vidro, senhor. Não encosta a cara não.

Eu sou o dono daqui.

Se eu nem conheço o senhor. Trabalho pra dona Marcela, ela me contratou. Não comentou que tinha sócio.

Sou marido dela. E você quem é?

Sou o segurança que cobre esse pedaço aqui.

Gozado. Ela não falou nada de você.

Nem do senhor.

Os pés inchados do segurança mal cabiam na conga sem cadarço. Era um sujeito suado e truculento, falando alto entre os pedestres, o que me encheu de raiva e humilhação.

Eu sou o marido da Marcela, voltei a insistir.

O sujeito inclinou o queixo para baixo e firmou as mãos nos bolsos da calça de moletom. Meu caro, ele disse. Não quero discutir com o senhor.

O celular da minha mulher tá desligado e ela não tá aí dentro. Não tô aqui na frente porque não tenho nada melhor pra fazer. E pode ficar tranquilo que não vou arrombar a porta. Mesmo que eu tenha cara de suspeito.

Se eu nem lhe conheço.

Quis mostrar que não estava com pressa de sair dali e que ele não me intimidava. Em reação, o moço sorriu, estalando os dedos gorduchos.

Não posso fazer concessão.

Que concessão? Eu já vi que não tem ninguém aí dentro. Relaxa, meu amigo. Outra hora minha mulher me conta essa história de segurança.

Saí sem dizer mais nada. Tudo seria inútil, não importando o que eu lhe dissesse. Era um folgado.

Meio sem saber para onde ir, pensei em pegar o carro. Subi a pé a Marquês de Itu até a Sabará e continuei pela Higienópolis, virando na Angélica. O estacionamento ficava na Barão de Tatuí.

Parei na frente do velho manobrista, bem instalado atrás de uma escrivaninha. O móvel sobre o qual ele se debruçava para administrar o entra e sai de carros era de madeira com patas de leão que terminavam em garras lascadas. A mesa herdada da loja do lado já fazia parte do estacionamento, mas se perdia no resto do inventário de tudo o que estava exposto na calçada. O manobrista e o antiquário até que se entendiam, compartilhando um marasmo de vila em pleno centro da cidade.

Ao me aproximar do manobrista, ele me cumprimentou como se me fizesse um favor. Ficava ali o dia todo entre os escombros etiquetados, pouco se lixando para quem parasse à sua frente, enquanto seu colega tentava ser mais simpático. Parcelava tudo. Seu Antônio, tudo bem? Vim tirar o carro.

Ih, deu azar hoje então.

Como assim?

O homem me encarou, concentrado no gesto surdo de cutucar o ouvido com um cotonete. Girou a haste dentro da orelha e disse que Marcela acabara de passar.

Quando? Meu olhar rastreou a vaga que ocupávamos, preenchida por outro carro.

A dona Marcela? Tem mais ou menos pouco tempo. Uns dez minutos.

Ela tava sozinha?

Seu Antônio jogou o cotonete no lixo e voltou a se debruçar sobre a mesa, consciente do peso da sua palavra. Sei não. Não reparei.

Ah, é. Tinha esquecido. Deve ter levado o primo no médico. Obrigado, seu Antônio.

Valeu.

Eu me senti forçado a inventar qualquer coisa para não ficar feito idiota na frente dele. Fingi lembrar de um compromisso e fui saindo apressado dali, sem olhar para trás porque sabia que ele me espiava, provavelmente rindo de mim. Era óbvio que ela tinha saído com alguém. E o cara do estacionamento, que mal se dava ao trabalho de esconder direito a chave sobre a roda do carro, tampouco iria me dizer por que acobertara minha mulher.

Voltei a pé, tendo o cuidado de subir pelas escadas do prédio em vez de usar o elevador, para que ninguém ouvisse minha chegada. Destranquei a porta e entrei sem acender a luz, na esperança de que Marcela estivesse sentada sobre a bancada da cozinha, como quando a encontrei no dia em que topou com Nelson no elevador.

Alisei a parede, apreensivo pela ideia de que ouviriam qualquer som pelo simples toque do arrastar dos meus dedos. O celular da Marcela ainda estava desligado.

Sentei no sofá e esperei no escuro. Liguei a televisão. Parecia até que estivera ali o dia todo, entre duas almofadas estampadas, com um copo na mão. Contudo, as almofadas não tinham estampa e o copo estava sobre a bancada, fora do meu alcance.

Marcela? Cadê você?

De repente ela atendeu, mas a ligação estava ruim.

Marcela, alô?

Oi, Oscar. Espera. Marcela riu e sua voz saiu abafada como se tapasse o aparelho. Reclamava do trânsito com alguém.

Cadê você?

Aqui. Por que, Oscar? Aconteceu alguma coisa?

Ué. Passei no restaurante, depois no estacionamento. Cadê você?

Fui levar o Nelson pra dar uma volta.

O Nelson? Pra quê?

Como assim pra quê. Por acaso é proibido? Que criancice, Oscar.

Teu telefone tava desligado, fiquei pensando que alguma coisa tinha acontecido. Normal, né?

Oscar, relaxa, pelo amor. Vamos jantar? Quer que eu te pegue?

Onde você tá? Não quero que você me pegue. Onde você tá?

Calma. Eu tô no Sujinho. Na verdade eu fui levar o Nelson pra ver tua loja, a gente ia te buscar, ele tá procurando emprego.

E o que eu tenho a ver com isso? E você? Virou agente do Nelson?

Vem pra cá? Vamos jantar?

Você tá sozinha?

Ai, Oscar. Não se preocupa. Quando você chegar, vou estar sozinha te esperando. Vem logo.

Marcela desligou o telefone.

Hesitei diante do meu reflexo no espelho. Comprimi a barriga, que permanecia em evidência mesmo que congelasse de perfil. Achei-me desleixado e a camisa amarrotada não ajudava. Pelo menos os óculos apaziguavam a expressão cansada. Só tinha que parar com a mania de ajeitá-los no rosto o tempo todo. Fazia o gesto com tanta frequência que passava por nervoso.

Lembrei quando Marcela me perguntou certa vez se tinha ficado com alguma sequela da surra que levei na adolescência, o que me fez pensar no Nelson já adulto, bastante magro, com os ossos perfurando a pele curtida que cheirava a sol, além das olheiras profundas. Era ele, no entanto, que Marcela escolhia para uma escapada de carro.

Resolvi mudar de camisa. Escolhi a vermelha que Marcela me dera de aniversário, no cabide havia mais de seis meses, mas quando fui escovar os dentes deixei pingar pasta no peito. Lavei a mancha esbranquiçada na água quente, cuidando em vão para que o molhado não se espalhasse. Troquei de novo, selecionando uma preta desta vez, já incomodado pelo excesso de atenção que estava dando ao meu encontro com Marcela no Sujinho.

Nada estava sob controle e eu não queria mais saber qual pensamento levava a qual. O celular desligado durante horas, o segurança do restaurante, eu tentando convencer o manobrista que minha mulher tinha um primo, a pasta de dente na camisa. Ainda não havia trancado a porta de casa e já estava ofegante esperando o elevador.

Escondi as mãos suadas nos bolsos e andei rápido pela Major Sertório. O céu não estava totalmente escuro e Suzi já estava fazendo ponto, alta e esbelta, com um vestido de jérsei preto e várias voltas de pérolas de plástico no pescoço.

Oi, Oscar!

Olhei ao redor, mas logo senti vergonha da minha própria reação, de me preocupar se os pedestres tinham notado que ela sabia meu nome.

Gostou do meu look de bonequinha de luxo?

Tá ruim não, Suzi.

Um carro parou e ela se inclinou no vão do vidro abaixado para ver a cara do motorista. Conversaram um pouco e eu já tinha passado por eles quando ela perguntou alto aonde eu ia.

Eu?

Ela riu. À venda ou não, era a dona do bairro. Sabia de tudo e de todos. Pensei na única vez que trocamos palavras, na noite em que o boliviano foi morto no largo do Arouche, e senti medo da sua esperteza. Adriano não lhe diria nada, mas levaria dois minutos para que Suzi ligasse os fatos, caso fosse induzida a isso.

Recomendações ao doutor, ela disse com simplicidade, esquecendo-se de mim no próximo segundo, concentrada em amassar os peitos com as mãos diante do motorista antes de abaixar o decote. É, adiantado, ouvi-a dizer. Sou a Suzi. Prataria, meu amor. Suzi calibrou o timbre da voz até achar o melhor jeito de interpretar aquele instante e por fim entrou no carro, que disparou cantando pneu no farol amarelo.

Havia peça de teatro no Sesc da Vila Nova e a concentração de gente seguiu até a Maria Antônia, onde os estudantes do Mackenzie invadiam o asfalto com suas latinhas de cerveja. Perguntei-me se eu tinha sido assim extrovertido quando cursei meus dois anos de arquitetura naquela mesma faculdade.

Ao virar à direita na rua da Consolação, uma atmosfera lúgubre e escura tomou conta de tudo. Uma ambulância abriu uma faixa só para si com seu trino agudo, e quando desacelerou pareceu que se alargava no espaço, atravessando com seu som as paredes fragilizadas dos sobrados cobertas de cartazes e as portas automáticas de metal que indicavam uma sucessão infinita de garagens.

Redemoinhos de fios elétricos contribuíam para o aspecto acidentado e decadente do lugar, mas ainda assim eu achava que a Consolação à noite era melhor que durante o dia. Ficava mais evidente que era uma via para carros e motocicletas, e todo tipo de remendo malfeito para encobrir o decrépito ficava mais notório.

Até as vidraças escuras do Tribunal Regional do Trabalho me pareceram menos estáticas, entre mais portas de enrolar e gelosias, além de sobrados antigos disfarçados em projetos comerciais enxutos, com o segundo andar simplesmente vedado, sem janela. Vi uma árvore e outra. A cidade na noite, que me parecera uma revelação minutos atrás, foi perdendo seu encanto conforme eu avançava. Voltou a ser apenas monótona e repetitiva. Placas e grafite. Compensados e cartazes. Motoqueiros de bermudão e camiseta.

Outro comércio anunciava injeção eletrônica, limpeza de bicos, autoelétrica e mecânica, além do trio funilaria-pintura--borracharia. Em cima despontava um pequeno prédio residencial. Gabinetes, metais, assentos, espelhos, tudo para banheiro, além dos vidros quebrados de uma cidade deteriorada com um ou outro morador de rua enrolado em um cobertor observando a corrida de carros. No sombreado da noite os rostos pareciam de barro, apinhados contra o muro do cemitério da Consolação. Atrás dele, as torrezinhas perpétuas dos mortos. Na frente, as placas de cinquenta quilômetros por hora.

Depois do sobradinho mostarda da Loja Igapó, na esquina da José Eusébio, ficava minha loja. Sempre gostei da Lustre Imperial, mesmo que a luminária circular vermelha e branca dos anos 60 que escolhi para colocar na fachada sob o toldo vermelho não combinasse com o nome. A loja precisava de uma faxina não só do lado de fora, mas principalmente no segundo andar, onde ficava meu escritório e parte do depósito. Era um desses sobrados mal adaptados, que perdera sua função residencial havia décadas.

Às vezes, eu criava coragem para dar um pulo lá em cima, examinava a grande bagunça que tinha deixado acumular e ia embora. Sem dúvida era minha culpa ter deixado a sala atrofiar daquele jeito, mas em vez de me desfazer de uma vez por todas das caixas acumuladas e papéis, preferia voltar aos meus planos, encaixando na minha mente os materiais que usaria em uma possível reforma, como a resina, o mármore, os detalhes em aço. Também considerava bons modelos comerciais a seguir, como o Shopping dos Lustres ali do lado. Punham até balões para chamar a atenção da clientela, que chegava apinhada de filhos e acabava saindo com alguma coisa além de um balão. E não era só aos domingos.

Avistei o Sujinho de longe. Os globos românticos de pracinha estavam iluminados. Até o apelido do lugar, Bar das Putas, jogava a favor de uma nostalgia de luzes amarelas que já tinham sido substituídas por outras mais econômicas.

Marcela estava de costas para mim, sentada em uma mesa para quatro pessoas na calçada da rua Maceió. Não me viu, nem quando fiquei a um passo de distância, o que me deu a possibilidade de retomar o fôlego.

Tentei me enxergar, voltando à imagem do espelho no apartamento. Um pouquinho de barriga, mas vestindo uma camisa bonita, embora um pouco suada, reforçando o aspecto de um profissional liberal. Ajeitei os óculos na cara. Nem alto nem baixo, nem gordo nem magro, nem bonito nem feio. Estava ficando careca e minha palidez sempre fora aparente. Na praia, o máximo que conquistava quando tomava sol era a cor bege.

Senti um frio na barriga cortante de juventude, de quando a vi à distância e ainda não a conhecia.

Marcela?

II

Oi, Oscar.

Marcela limpou a marca de batom da taça com o guardanapo de papel, deixando-o sobre a mesa para que o garçom retirasse. Fez com o cuidado de quem apaga uma evidência, indicando em seguida a cadeira à sua frente. Manteve o olhar concentrado no meu, provavelmente para sentir como eu estava de ânimo.

E aí, Marcela? O Nelson foi embora?

Foi.

Pra sempre? Ri sozinho do que disse, apoiando o braço sobre o encosto da cadeira do lado.

Do Acre, acho que sim. Daqui de São Paulo, não sei.

Pois é. Decerto não tá com a menor pressa. Deve ter muito assunto pra conversar com minha mulher.

Pois é, se isso te faz sentir melhor, ele tava me contando justamente da mulher dele, uma tal Simone.

Ah. Então ele tem mulher mesmo.

Você não é o único.

Tá, Marcela. O que ele disse? Que não volta mais?

O Nelson disse pra ela que tomasse seu tempo, que esfriasse a cabeça porque ele iria fazer o mesmo aqui em São Paulo.

Mal sentara diante da Marcela e ela já metia o quebra-cabeça do vizinho na minha frente. Realmente devia estar bem obcecada com Nelson. Precisava falar sobre o Acre, repassar cada pedaço da vida do cara. Havia sido eu quem começara perguntando por ele, mas só queria saber se tinha ido embora do Sujinho, se estávamos a sós. Marcela me observou superficialmente. Estava maquiada, usava uma sombra branca, talvez prateada. Tinha uma aparência fresca, leve.

O que você acha, Oscar?

Acho que até agora o Nelson se dedicou a detestar a própria mãe, falei. A Vera tava me contando. Sumiu completamente, mas agora, de volta a São Paulo, acho que percebeu que não aguenta a mulher. Nem a mãe.

Também, né. Aguentar a Vera.

Poxa, Marcela, o que você quer que ela faça? Coitada.

Ai, coitada, Marcela lamentou com cara de choro e soltou uma gargalhada irritada. Gente, não aguento.

Bom, acho que a Vera já tá começando a se conformar que o filho é um canalha. Fazer o quê. Vida nova pra eles. Saúde.

Acenei ao garçom, que me trouxesse uma taça de vinho igual à da Marcela. Surpreendeu-me que tivesse pedido salada de agrião, cebola e linguiça. Não era de comer muito e por isso geralmente não tomava a iniciativa em restaurantes.

Espremeu o limão em cima, aguou bem a carne antes de se servir com um garfo. Seu jeito de operar o prato como território era esquemático, tinha algo de asséptico até. Não misturava nada. Primeiro provava o verde, depois a cebola, em seguida a carne, para começar tudo de novo. Dava a sensação de que mordiscava o que havia à frente só porque estava no prato, e não porque sentia vontade das coisas. O curioso era que, mesmo sem se interessar por comida, tinha o dom de lotar seu restaurante todos os dias.

Quer farofa?

Não quero, Oscar. Só assim tá bom.

Mas por que ele veio tão de repente pra São Paulo?

O Nelson me disse que queria dar um tempo da mulher e dos filhos. O mais provável é que esteja metido em alguma grande confusão, óbvio.

Hoje mesmo a Vera tava me contando da mulher. Não sei bem o que é, mas ficou alguma coisa no ar. Aliás, o Nelson não é casado com ela, e os filhos não são dele. São dela.

O que não muda nada. Marcela suspirou fundo antes de tomar mais um gole de vinho. Então. Quer que eu simplifique, Oscar? Quer saber o que ele me disse?

Fala. Tá procurando emprego.

Deixa eu falar, Oscar. O Nelson chegou no Acre dirigindo caminhão, depois arrumou trabalho numa construção. Era pintor e fazia obras em geral. Aprendeu o suficiente sobre os acabamentos mais comuns. Então teve a ideia do comércio da madeira.

Dá pra notar que você e o Nelson passaram um bom tempo juntos.

Marcela me olhou. Ele e a Simone moravam juntos como se fossem casados. Acho que se conheceram onde ela dançava, numa casa de show, sei lá.

Dançarina. Tô até vendo o naipe da fulana.

Não que uma dançarina seja uma puta, se é o que você tá sugerindo aqui, e nem que uma dançarina seja necessariamente uma gostosa, mas bom pra ele, ué. Eles se conheceram no momento em que ele começava o negócio da madeira.

É que me surpreende teu grau de informação, Marcela. Nem sabia que você conhecia a história dele assim. Vocês têm se visto, Marcela? Você e o Nelson?

Ele acabou de sair daqui, já disse. E me contou as coisas, nada de mais.

Uma empreitada ilegal das madeiras de lei. Nada de mais, comecei a dizer, mas o garçom se aproximou da nossa mesa com a carne na travessa. Picanha ao ponto para dois, anunciou.

Marcela sorriu para o garçom. Sabe de uma coisa, Oscar?

Não.

Quer pimenta?

Pensei que você fosse me contar mais do Nelson.

O castanho nos olhos esverdeados de Marcela ficou mais forte. Calma, Oscar.

Eu tô calmo.

Com o que ela me disse vieram imagens vagas de aventureiros e olhares fixos na névoa. Aquilo ficou flutuando na minha cabeça, enquanto ela falava da Simone com uma certa propriedade, como se dominasse parte da trajetória do Nelson pelo Acre.

Então, prosseguiu Marcela. A Simone falou pro Nelson que vinha do Ceará. Parece que ele gostou dela por causa do seu jeito forte. Foi isso o que ele me disse, que ela era do tipo de quem não olha pra trás, de quem sobrevive a qualquer custo no estrangeiro.

Uma estrangeira só porque saiu do Ceará e foi pro Acre. Quer que eu ria, é? A dançarina andarilha.

O Nelson me mostrou uma fotografia dela com ele e os filhos, mas não parecia ter aquele aspecto de dançarina.

Ah, não?

Meio fora de forma, sabe? Acho que no momento em que conheceu o Nelson virou dona de casa.

Ela deve ter adorado a nova ocupação, eu disse.

Marcela me olhou, assentiu com a cabeça lentamente, mas se manteve distante. Quanto mais ela adentrava a história do Nelson, uma aversão ia tomando conta de mim. Era difícil disfarçar. O que mais me incomodava era o jeito natural da Marcela, e sua irritação aparente contra tudo o que eu falava, como se eu fosse um idiota.

O Nelson me contou que a Simone tinha olheiras, mas até que era bonita. Na foto aparecia com maquiagem carregada, decerto pra cobrir as olheiras. Ah. Usava uns brincos dourados grossos, de argola.

Mas que fixação com a imagem da Simone, Marcela. Parece até que fica se comparando a ela.

Marcela ficou pensativa, como se buscasse mais detalhes da mulher. Não parecia que tentava provocar ciúmes pelo excesso de informação que apresentava, como eu tinha sugerido antes, nem que estava se comparando a ela. Expunha os fatos com riqueza de detalhes, explorando ângulos diversos com um realismo cru de quem disseca uma vida, só que eu não estava acostumado a que ela falasse muito, menos ainda sobre um tema que me incomodava tanto, e quanto mais ela avançava na descrição da mulher do Nelson no Acre a coisa ia ficando mais delicada para nós.

Queria achar que ela estava inventando, pelo mero prazer de fantasiar sobre a vida dos outros, mas ela não era disso. Podia ser fria e rabugenta, mas não era de fazer fofoca. O que pesava aqui era o passado que tinha tido com aquele cara. Conviveram apenas por alguns meses, mas percebi, ali sentado, que ela não deixara de pensar no Nelson e nas suas andanças, e agora demonstrava para ela mesma que tinha encontrado as peças, fechando o jogo que atiçara sua curiosidade durante anos. Comecei a me interessar a contragosto pelo seu relato.

Por quê?

Por que o quê, foi a reação de Marcela diante da minha pergunta que saiu sem querer.

Não, nada.

Porque ele tinha um trabalho. Ele me disse que começou a fazer contratos falsos pra driblar a fiscalização e cortar árvores centenárias.

Cortava as árvores na floresta como se fosse no seu quintal, tentei participar. É isso?

Pois é. O Nelson me contou que a Simone escolheu a casa, que ficava numa parte mais baixa da estrada onde a chuva acabava empoçando, mas que era uma construção sólida e bem decorada, com cortina e tudo.

Considerando que estavam no meio do mato.

Acho que, se ela pudesse, mandaria até acarpetar. Ninguém quer ouvir falar em piso de madeira, imagino, com a quantidade que deve sobrar por lá.

Marcela sorriu, girando a taça de vinho pela parte mais bojuda.

Quer dizer que o Nelson alugou uma das últimas casas ao pé da floresta Amazônica. Disse onde?

Acho que fica num povoado perto de Manoel Urbano, do lado do rio Purus. Antes dele, parece que um delegado bastante jovem alugou a casa, um cara que enriqueceu rápido e depois sumiu.

Os caras sempre somem.

Visualizei o delegado que enriquecera estendido no mato e depois Simone, a partir da descrição da Marcela, adicionando a ela brincos grandes a qualquer hora do dia e da noite. Cheguei a vê-la recortada em uma fresta da cortina, o rosto observando o desconhecido. Imaginei-a lambendo os dedos, como fazia Marcela agora, à minha frente, que tinha acabado de espremer mais um quarto de limão na carne. Fantasiei mais.

O retrato que eu fazia de Simone tinha um clima onírico de fim de estrada. Simone saiu de trás do vidro, notei que suas mãos estavam rachando de secas ao soltar a cortina. Acompanhei-a até a cozinha. Tinha um jeito acalorado de ser e era meio indígena, engordada de açúcar e cerveja. Não deveria ser tão gorda quanto queria Marcela, nem tão assombrada pela religião como imaginei, porque por um instante achei que fosse evangélica. De repente ficou claro para mim que Simone era uma mulher moderna, que ela se definiria assim, mesmo que o termo não dissesse absolutamente nada. Dei-me por satisfeito com minha interpretação, mesmo sem saber realmente de quem se tratava ou se essa projeção fazia sentido.

Marcela me olhava. Para mim, ia ficando claro também que ela tinha alguma expectativa com relação à vinda do Nelson a São Paulo.

E a casa?

Tem empregada, disse Marcela.

É, deve ser uma casa grande, pelo que você falou.

Com muitos vidros, ela disse, juntando detalhes como se montasse a ficha de alguém.

Voltei a imaginar Simone no interior da casa ampla no vilarejo. Sua vida doméstica se resumiria a uma série de vidros emparedados, constantemente polidos pela empregada de avental branco. Simone tentaria às vezes demonstrar como se passa o rodo do jeito certo. Devia morrer de tédio naquele fim de mundo, parando para esmagar de vez em quando um inseto, ouvindo o farfalhar da própria roupa e as folhas trêmulas do lado de fora. À noite, Simone sentaria na cozinha, distraída pelo reflexo de imagens da televisão nos vidros, temperadas pelas vozes dos filhos.

Marcela, você acha que ela é cúmplice dos rolos do Nelson?

Acho que sim, alguém devia contar os cheques.

Ri da suposição da minha mulher. O som da televisão atrapalharia Simone na atividade clandestina, a contagem dos cheques da empreiteira do marido. Se ela tinha algum tipo de ocupação profissional, era essa. Mas agora devia estar com muitas horas vagas porque o marido não estava mais ali. Saiu, diria Simone para quem aparecia procurando por ele, sem mais explicações.

Então, Marcela.

O quê?

O Nelson deve ter feito grandes amizades por lá. É por isso que voltou assim, sem tempo pra trazer uma malinha que fosse. Ele também deve ter te contado isso.

Contado o quê?

Detalhes de como escapou. Marcela, o cara fugiu. O Nelson é um bandido.

Um fio de sorriso brotou dos seus lábios. Você acha mesmo? Só ele é bandido. A Simone não. Porque ela é mulher.

Não sei, Marcela, fico imaginando essa Simone atrás da cortina, com a janela fechada por causa dos mosquitos. Imagina essa mulher agora. Morrendo de medo de alguém aparecer pra se vingar do Nelson.

Será? Filho, Marcela imitou o sotaque nordestino da mulher. Minha cabeça tá explodindo, me traga um copo d'água, riu Marcela.

Com esse sotaque?

Nordestino não dá ênfase na penúltima sílaba? Meu sotaque tá tão errado assim? Ela é do Ceará. Vários mudaram pro Acre.

Sei.

Pois é, se o dia todo já devia ser uma dor de cabeça pra ela, imagina agora. As idas e vindas pela casa, abrindo porta por porta pra ajudar a arejar um pouco o pensamento. Marcela refez o contorno da sobrancelha direita com o polegar. Nossa, Oscar. Desfazer-se da casa, achar outro lugar.

Isso tudo o Nelson te contou ou você tá imaginando?

Não, tô só supondo.

Marcela falou de um jeito defensivo. Respirou fundo, tentou se acalmar. Limpou a faca no garfo para servir-se de mais linguiça. Terminou de espremer o limão que já estava no seu prato.

Nossa, mas hoje você tá esfomeada.

Pois é.

Quantos anos mesmo você disse que a Simone tinha, Marcela?

Faz quarenta e oito este mês. Por quê?

Engraçado. Você sabe de cada detalhe.

Marcela me olhou diretamente. Depois hesitou. Ficou parada me observando. Faz pergunta e depois fica me criticando?

Eu não.

Pois é, se você aparecesse lá no Acre assustaria bem a Simone. É possível que ela até te confundisse com um enviado da delegacia em busca do Nelson. Imagina a cara dela, você chegando, encarando a coitada, depois de ter estacionado o carro na pouca sombra do quintal. Tô até vendo a mulher com lápis de olho bem marcado, o peito grande atrás do roupão, uma barriga saliente, mordiscando o peixe que a empregada acabou de fritar. Ela atenderia a porta, toda solícita e alegre como uma socialite nordestina, como se você fosse uma visita, e te convidaria pra provar o peixe.

Para, Marcela.

Marcela voltou a forçar o sotaque. Aqui é assim. A gente come até acabar. Esse aqui é o Nelson, no alto da foto, meu marido. Isso é que dá passar semanas na floresta atrás de madeira. Por causa desse homem a gente vai acabar tudo pelado. O senhor é policial, por acaso?

Para, Marcela.

Minha mulher riu forçado. Uma hora a polícia teve que ir atrás dele porque tava roubando árvore.

E a Vera garante que ele é engenheiro.

Nossa vizinha é uma desorientada. Onde que ela ouviu isso?

E ainda sem ter tido comunicação com ele durante tanto tempo.

Você acha? O Nelson me disse que ligou algumas vezes pra mãe.

Ah, é?

Senão como é que ela ia saber que ele tava por lá? Lembra que a Vera deu pra gente o calendário do sapateiro? O sapateiro que vem do Acre também? Ela veio trazendo um calendário extra pra gente, toda contente? Ela até falou do filho, mas a gente não ligou uma pessoa com a outra.

Pois é, Marcela, e o diploma dele deve ser uma carteira de motorista comprada. Se bem que a Simone sabia que iriam atrás dele. Ela ali, que nem você descreveu, esperando esse dia chegar, pressentindo qualquer merda por trás do vidro. A luz deve entrar forte ali, mesmo com a janela coberta por uma cortina.

Marcela cortou a carne, separou a gordura e enfiou um pedaço grande na boca. Tapou a boca com a mão para poder falar. Você não come não, Oscar? Agora imagina. O assunto lá na casa esses dias deve ser mesmo o padrasto da Tamires e do Tiago. Nelson vai virar uma sombra pra esses adolescentes. E olha que já passou uns tempos na prisão.

O Nelson foi preso? A história se repete, então. Lembra quando ele chegou em Santos, já tinha passado pela Febem.

Fundação Casa, Marcela corrigiu. Aliás, que nominho, hein? Não quer dizer absolutamente nada. Um paredão branco.

Só sei que o Nelson tá fodido. Se ele veio fugido, alguém vai achar o cara.

Minha mulher não disse nada em resposta. Fora testemunha do seu sumiço uma vez, agora se limitava a ouvir o que Nelson tinha para lhe contar do seu passado e meus comentários. O que servisse para desmistificar a história para ela, que tinha um fraco pelo homem, e todo descompasso dele Marcela entendia como instinto de sobrevivência, vigor e personalidade.

Voltei a pensar em Simone, fechada na casa no meio do mato, com a filha que se pareceria com ela. Devia ser uma rebeldezinha adolescente, com ar de pouco caso para tudo. Tiago diria que a irmã era mimada enquanto executava todos os truques de ioiô que Nelson ensinara a ele, em algum pedaço de rua fragmentada perto de onde moravam, fazendo o brinquedo rodopiar como estrela ou cachorrinho. Tamires também ficaria interessada, e o irmão lhe perguntaria o que estava olhando. Indignada, ela afastaria o cabelo longo do rosto bonito, olhando para ele como se não o conhecesse. Era isso. Uma família chata como qualquer outra.

Você tá pensando no quê?, Marcela quis saber. Quer pedir sobremesa?

Pensando na Simone.

Ah, na Simone.

Pois é. Não acho que tenha aspecto desagradável, como você diz.

Sei lá, pouco me importa a aparência física da mulher do Nelson, ou você acha que sim? Vai, Oscar. Marcela empurrou meu pé embaixo da mesa.

E os meninos dela? Faz quanto tempo que o Nelson tá com eles?

Uns cinco anos.

Ah, disso você não tem certeza?

Sei lá, Oscar. Mas o que preocupava o Nelson era justamente a Tamires. Usou óculos desde pequena. Tinham uma mesa de bilhar em casa, e ele odiava que ela não acertasse o taco na bola, não porque a vara fosse pesada, mas porque não via a bola.

Moço? Marcela segurou o braço do garçom que passava perto da mesa. Tem brigadeiro? Não? Traz o cardápio das sobremesas então? Na verdade, não. Quero uma taça de sorvete de flocos.

Imaginei Tamires, primeiro como menina e depois adolescente, sempre de óculos, enrolando brigadeiro com as amigas. O doce agigantado, do tamanho de uma bola de sinuca, seria uma tentativa contínua de atingir a forma perfeita.

Pois é, Oscar. Pelo menos agora a Simone tá livre da angústia de conviver com o Nelson.

Agora entendi teu interesse pela Simone. Imaginar a vida dela sem o Nelson e vice-versa. Engraçado.

Tuas suposições são engraçadas mesmo.

Será que ela vai se mandar dali? Daquele aconchego todo que você descreveu ao pé da floresta? Fico vendo a Simone tentando passar a casa adiante. O banheiro é master, o closet é integrado à suíte, a varanda é uma delícia. Agora a mulher deve andar feito louca, pensando como vai pagar o aluguel. Se ela bobear, pode ser até despejada.

Meus pensamentos oscilavam. Simone, consumida pela visão dos insetos do lado de fora do vidro suado, diferentes dos da sua terra. Dali avistaria também um céu resistente à ação do tempo. Cheguei a ouvir as vozes dos filhos pela casa, vi os reflexos nos vidros.

Fala, Oscar. Marcela tomou um gole de vinho.

Continuo pensando nessa tal Simone. Engraçado como a vida dos outros de repente pega a gente, né? Deve ser difícil pra Simone ter o marido solto por aí, fugido. Imagina os inimigos do Nelson rondando a casa. Não deve nem dormir mais.

É, esperando a visita da polícia ou de um justiceiro. No final, o que vai acontecer com a Simone no Acre não é problema meu nem teu.

O garçom trouxe o sorvete da Marcela numa taça de vidro.

Voltei a me concentrar no Nelson. Quando escapou da prisão devia ter o mesmo aspecto do cara maluco que conheci em Santos. Marcela contou que ele passou meses solto, mas foi preso novamente.

Fugiu, zanzou por ali uns dois dias e veio pra São Paulo. Na verdade passou em casa antes e disse pra Simone que ia atrás de um pagamento, que ela ficasse calma, que ele voltava logo. O Nelson me falou que a mulher tava apavorada.

Imagino.

Então ele dirigiu até um bar e o dono aumentou o volume do rádio e entrou na cozinha por um instante. Para surpresa do Nelson, ao invés dele voltar, veio uma jovem de cabelo solto, com o mesmo queixo inexistente do dono do bar. Era a filha. Usava vestido cor de laranja.

Você tá imaginando isso, Marcela.

E daí? Não posso? Um vestidinho apertado com um zíper vertical, assim? Marcela me olhou de lado e deu uma piscadinha. Quer? Marcela me ofereceu uma colher de sorvete.

Não, pode terminar.

Daí ele disse algo do tipo, assim você me deixa de pau duro. Porque fazia tempo que não trepava com ninguém. Pelo menos foi o que ele me disse.

Ah, ele te disse isso. Porra, Marcela.

Não, Oscar, não foi nesse sentido. E ainda tinha a mulherzinha dele, esperando o cara voltar da cadeia. Só que ele não deve ter contado pra ela do cara da prisão, o amantezinho dele. Um tal de Josias.

Josias?

É, disse Marcela, cruzando os braços sobre a mesa. Daí ele deve ter dito algo como vou ser o último cliente. Se alguém entrar, diga que fechou.

Ninguém diz isso pra um dono de bar, Marcela.

Eu sei, eu sei, mas deixa eu te contar. Não lembro da ordem exata, pode ter sido o dono, que entrou na cozinha e disse pro Nelson. Então. A menina do bar deu as costas, andando na direção da cozinha pra voltar em seguida com alguma comida. Cuidado que tá quente, ela disse. Vai querer mais alguma coisa? Marcela imitou a moça do bar. Faço gostoso, ela disse.

E aí?

Daí, Oscar, apareceram dois homens. O dono deve ter chamado.

Dois homens apareceram na porta do bar. E?

Ficaram encarando o Nelson.

Meu, dá pra parar de dramatizar a história? Tenta se concentrar no que realmente aconteceu. Fica difícil de seguir, Marcela.

Tinha um brasileiro e um boliviano. O boliviano era um capanga conhecido. Buenas, Nelson. Buenas noites.

Puta que pariu, Marcela. Agora vai mandar um portunhol?

De acuerdo con nuessos dados, el senhor és um ciudadão que trafica madera há quatro anos. Além de descumprir o pagamento de impuestos.

Quem era o cara, esse outro?

Um era o cara da prisão, Josias, o amantezinho do Nelson, mas que tava bem puto com ele. O outro era o tal capanga conhecido, o boliviano. Um representava a lei, o outro nem tanto, e apareceram juntos no bar. Queriam o Nelson vivo ou morto. Na verdade foram lá pra matar o Nelson. Segundo o Nelson, a sorte dele foi que saíram logo dali, porque em breve mais gente apareceria atrás dele. Sentiu que dali não escaparia vivo. Então levaram o Nelson.

Levaram pra onde?

Marcela fincou os olhos em mim. Então, Oscar, ela disse. Para uma construção simples, quadrada, de cimento. No meio do mato, ali perto.

Não dá pra saber se você tá falando sério ou não, Marcela.

Escolhe se quer voltar pra prisão ou morrer aqui mesmo. Se bem que acho que você não tem escolha.

Esse era o Josias.

Isso, que não disfarçava que conhecia o Nelson. Pensa bem, ele disse. Se for detido mais uma vez, vou fazer questão que não saia vivo da prisão.

E o Nelson?

Você me soltou pra me prender, Josias. Que merda é essa?

E aí? O que o Josias disse?

Aí não sei, Oscar.

Como não?

Vamos pedir a conta?

Não quer tomar mais um vinho?

12

Pensei em tomar um café na Confeitaria Little antes de ir para o trabalho. Não tinha dormido direito, precisava pensar. Passei pela parte cimentada da praça, perto de onde existiu uma ponte de madeira que as crianças atravessavam eufóricas, inclusive eu, forçando o corpo em todas as direções para que as toras chacoalhassem bem, simulando um barco durante uma tempestade em alto-mar.

Foi bem naquele espaço onde ocorreu a briga que levou Nelson à Febem, quando cortou a orelha do moleque. Parei um instante para imaginar a cena, porque essa eu perdi, embora tenha frequentado a mesma praça. Costumava ir aos sábados, quando era criança. Não ficava com os marmanjos dando nó em balanço.

Passou por mim uma brisa gelada. Vera era a vizinha que morria de frio o dia todo e, quando me encontrava, dizia que começava pelos pés.

Devia ser porque justamente ali passava o córrego Anhanguera, eu lhe disse uma vez. Ela me olhou com dificuldade de imaginar o subterrâneo cheio de água, vi nos seus olhos a pressão dos rios que correm pelas galerias enterradas, e em seguida me perguntou se era como estar caminhando sobre charcos congestionados e poluídos de um sistema de águas completamente desconhecido.

Isso, dona Vera. Negro e desconhecido.

Ela coçou o braço, sem entender direito se eu realmente enxergava aquele mapa invisível do nosso bairro. Você já viu?

Esses rios são canalizados pelo tamponamento, dona Vera. Claro que a tubulação enterrada com essa mistura de água de chuva e ligações de esgoto é impossível de ser vista.

Decerto daria pra ver em algum instituto, em algum museu. Mas o que isso tem a ver com o frio que me ataca pelos pés, Oscar? Nada. Fica aí só me botando medo que vou morrer afogada. Vera deu uma risadinha.

Saindo da praça, antes de cruzar a General Jardim, avistei Nelson. Não acreditei. Tive o ímpeto de chamá-lo, mas como eu estava desconfiado de tudo e de todos, resolvi segui-lo. Talvez me desse uma pista do que eu não conseguia ver.

Ia a passos rápidos na direção do centro, sempre olhando para o chão. Parecia escolher onde pisava. Pensei nos rios subterrâneos, na Vera e se ela o influenciara em ser um cara tão compulsivo. Devia estar completamente paranoico, pelo que Marcela me contou.

Não conseguia escapar do ciúmes que sentia da minha mulher, admirava-me que até o frio repentino que eu sentia me levava a ela. Era como um mau presságio. Perguntei-me se ela desligaria o telefone novamente para deixá-lo abandonado de propósito na sua bolsa, longe demais do alcance das mãos. E, conhecendo dona Vera, diria que perguntava ao Nelson aonde ia cada vez que abria a porta do apartamento, mas ela não me contaria. Acho que não.

Nelson parou um instante na frente de uma lanchonete, mas desistiu. A partir daí acelerou, cruzou a Amaral Gurgel e foi cada vez mais rápido, desviando de novo para a Major Sertório. Segui alguns metros atrás, até que ele chegou na frente da Aero-Brás, apoiando as mãos descoloridas contra o vidro. Ficou observando os modelos de aviões antigos, decerto tinha sido uma diversão da infância para ele, do mesmo jeito que fora para mim. Meu pai me dava dinheiro para gastar na casa de aeromodelismo e depois me ajudava a montar os aviõezinhos. Eu também os pintava e armava um redemoinho de fio dental no quarto, pendurando todos de uma vez, simulando uma batalha no céu.

O bar que Nelson escolheu ficava na Sete de Abril. Talvez buscasse um local familiar como refúgio para ler o jornal que levava sob o braço, mas não tão próximo do nosso prédio. Passei por ele, que estava de costas sentado no balcão, e me acomodei atrás da coluna.

Nelson puxou o jornal e ficou um tempo marcando anúncios com uma caneta grossa, redesenhando os quadrados em torno deles. Puxou para si o prato da empadinha que pedira e enfiou o salgado na boca. Cuspiu no guardanapo o que mastigou, e com o gesto brusco veio outro mais atenuado. Dobrou o guardanapo em dois para limpar a boca em seguida, olhando para a moça atrás do balcão, com a delicadeza que lhe foi possível. Disse a ela que a azeitona estava azeda, ameaçando fechar o jornal e ir embora.

A funcionária, sem jeito, pediu desculpas, reparando na descoloração das mãos do Nelson. Ele sorriu com escárnio e lhe disse que não se preocupasse, que não era contagioso, mas que ela tampouco deveria cobrar pelo salgado; depois voltou com tranquilidade à marcação dos anúncios de emprego. Só olhou para trás por causa do ventilador direcionado às suas costas. Voltou a encarar o invisível, claramente irritado com o excesso de vento. Resmungou, chamando a atenção da moça atrás do balcão, e foi quando me viu atrás da coluna. Levantou as sobrancelhas, cumprimentando-me em silêncio. Não pareceu surpreso com a coincidência de estarmos sentados no mesmo bar. Talvez achasse que todos deviam estar atrás dele de qualquer modo, e eu deveria representar a menor das suas ameaças.

A garçonete que lhe servira a empadinha se inclinou para dizer que não daria para desligar o ventilador. Nelson a olhou sem interesse.

Fala, Oscar, ele disse.

Não virou o corpo na minha direção nem levantou o rosto do jornal. Estava debruçado sobre o balcão e qualquer esforço parecia ser excessivo. Voltou a cruzar as pernas compridas, sem dobrá-las.

E aí, Nelson.

Nelson fez um sinal com o queixo, e eu me sentei ao seu lado.

Procurando emprego? Indiquei o jornal.

É. Cheguei com as mãos vazias. Nelson encarou a moça com o mesmo sorriso de escárnio. Esta frase lhe dizia respeito. Deixava claro que não iria pagar pela empadinha da azeitona azeda.

De vez em quando a vida dá umas voltas, eu disse.

Tô sem nada mesmo, Nelson voltou a me contar. Mas só por enquanto. Juntei uma bela grana nesses anos, tenho um ótimo negócio e em breve queria comprar uma casa. Coisa de trabalho garantido em vários estados.

Sei.

Depois eu acerto tudo com você.

Peraí. Você tá me pedindo uma grana?

Eu pago de volta.

Nem que eu quisesse, não tenho. Tô cheio de conta pra pagar.

O rosto do Nelson ficou imóvel. Nelson podia tornar-se, do nada, uma força inexpressiva. Diria até que essa era sua virtude. Depois desatou a rir. As pernas magras continuaram cruzadas e estendidas. Coçou o couro cabeludo, e com esse movimento veio a sensação de que ele enxergava algo que eu não conseguia ver. Pareceu tratar-se de um afeto profundo por algo perdido, mas logo percebi que estava odiando ter que se submeter à boa vontade do outro. Riu mais uma vez. Foi um riso solitário, sem comoção.

Seria pouca coisa, continuou, só pra eu me virar. É que tá tudo preso. Minha conta. Levei um calote. Tô passando por uns tempos difíceis.

Sei. Quando acontece, costuma ser tudo de uma vez. E chegar praticamente pelado em São Paulo, depois desse tempo todo, deve ser ruim mesmo, Nelson.

Mas eu só vim dar um tempo aqui, depois volto pro Acre. Lá sempre é mais fácil recomeçar a vida.

Deve ser.

Se quiser, não me dá nada. Eu me viro. Só preciso de um tempo. Até vender uns negócios.

Quando que ela vem?

Quem?

Tua mulher.

Como você sabe? Minha mãe te contou? A gente não combinou ainda.

É. Tua mãe me contou, depois a Marcela. Ou você achou que ela não fosse dividir isso comigo?

No instante em que disse isso, senti-me mesquinho, um idiota. Testava poderes com Nelson que eu não tinha. Para quê, pensei.

Tava mesmo preocupado com a Simone, Nelson prosseguiu. Dariam o recado pra ela, que eu tinha morrido na prisão ou que me mataram durante minha fuga. Tive que passar em casa, mas depois fui embora. Tive que fugir. A Marcela também deve ter te contado que eu era carta marcada pelos caras da madeireira. Mas parei em casa pra pegar o carro. Precisava dele para fugir, mas depois ficou jogado na estrada, no acostamento, do lado do bar. Oficialmente morri pra quem queria que eu morresse. Mas parei em casa antes porque precisava resolver uns negócios.

Pagamento, a Marcela me disse.

É.

Sei.

Nelson pegou a caneta e ensaiou voltar ao jornal. Cara, você acha que se pegasse uma grana emprestada tua eu daria um golpe em você?

Não é questão de golpe, é que eu não tenho mesmo.

Pode crer.

E ela te visitou na prisão?

A Simone? Ela foi durante as primeiras duas semanas. Depois, começou a me dar perdido direto. Parou de falar comigo, cortou mesmo.

Nelson soltou a caneta. Tinha desistido de marcar os anúncios.

Os caras lá dentro da cela me perguntaram como eu deixava minha mulher sumir assim, que era um baita de um desrespeito. Mas eu sabia que ela tava com medo. E tinha os meninos. Os dias foram passando e eu fui me convencendo mais e mais disso. Afinal, se ela não ficasse esperta, também seria pega. Acabaria na lista negra.

Por quê?

Ela encobriu as merdas que eu fiz. A última vez que ela veio me visitar foi quando eu falei que o melhor era voltar pro Ceará. O Tiago quer fazer biologia e a Tamires não sabe o que quer da vida ainda. Esses dois adolescentes num cu de mundo desses não dá. E pensar que eu achava Santos uma bosta.

E ela?

Não teve nem dúvida. Disse que ia sumir mesmo. Assim. Nelson riu do que disse. Levantou o dedo indicador para imitar a ameaça da mulher.

Deve ser meio ruim mesmo ela ficar sozinha com os filhos num lugarejo selvagem lotado de insetos. Parece que é isso, ou não?

É, Oscar. Brejo, chuva morna e uma vida mais ou menos criminal, mesmo com uma casa boa. É essa a perspectiva que ela tem ali.

Sei.

Então, Oscar. Não achei que fosse juntar dinheiro naquela terra, mas de uns tempos pra cá tinha começado a triplicar o que ganhava na semana, porque os pagamentos eram seguidos e vinham de várias pessoas. Trabalhava com contratos. E mudei com a Simone e os filhos dela pra tal casa de vidro que aluguei, a última que foi construída naquele fim de mundo. Antes era um delegado quem alugava, mas morreu. Não conheci o cara, mas também tinha se metido no tráfico de madeira. Em um ano fui mandado embora dali duas vezes. Tava roubando trabalho dos outros, cheguei a incomodar mesmo a concorrência, mas a gente acostuma com os riscos, e é bem melhor que depender de salário baixo e décimo terceiro. Sabe o que eu tava pensando, Oscar?

Não.

Queria sossegar o facho. Voltar pra São Paulo, pras minhas origens. E minha mãe tá ficando com idade. Sabe?

É, a Vera é muito sozinha.

Bota sozinha nisso. Tanto que é chata, impossível de conviver.

Pô, Nelson, é tua mãe.

Ai, foi mal, meu. Não quis magoar teu coração de vizinho de porta.

Rimos juntos, Nelson me encarou. Riu de novo, chegou a gargalhar batendo as mãos no balcão. Nelson devia achar que eu era um trouxa.

A Marcela falou que você nada no Sesc.

A Marcela?

E que teu pai também nadava lá. Que você puxou isso dele, esse talento.

Achei que a Marcela não se interessasse por esse papo de natação. Mas já que tocou no assunto, nado sim.

Deve ser craque agora. Alucinando na piscina. Cortando cordinha adoidado embaixo d'água, hein, fala a verdade.

Ah, palhaçada.

Bons velhos tempos.

Não sei se bons, mas velhos tempos, com certeza, Nelson. Empresta a carteirinha que eu vou no teu lugar. A gente até que se parece. Tirando minha careca.

Olhei para o Nelson disfarçando o incômodo da possibilidade de ele ser eu, fosse na piscina ou em qualquer outro lugar. Tentei me acalmar, afinal ele só estava brincando ao pedir minha carteirinha para a piscina. Passou pela minha cabeça, pela primeira vez, por mais vago que fosse, o pensamento de que ele poderia me substituir, não só na piscina, mas em uma vida inteira. E sem ter que sumir do mapa com a Marcela, como fizeram na adolescência. Sem ter que sair do seu assento naquele balcão, nem da sua pele manchada e escorregadia que ainda me fazia pensar em uma carpa.

Na verdade, a gente não se parece.

Tô vendo que eu posso contar com você.

Pois é, Nelson. Quer dinheiro, quer carteirinha. O que mais você deseja, Nelson?

Amanhã a gente acha um emprego pra mim, Oscar, disse. Nelson se aproximou e deu um tapinha nas minhas costas. Qualquer coisa serve, na verdade. De novo a risada do Nelson. Se quiser, e já falei pra Marcela, posso dar uma força no restaurante.

Seria pra se pensar, não fosse má ideia.

Você não confia em mim, é isso? Eu assusto mesmo, posso até ter cara e mãos de criminoso, mas sou honesto. Hein, gatinha? Nelson mostrou as palmas das mãos à moça. Olha, não tô escondendo nada. Sou o que sou.

Um livro aberto. E o gatinha foi perfeito, Nelson. É assim que você chama as minas lá no Acre?

Vai me dar lição de como lidar com os outros? Você, Oscar?

Tirou a carteira do bolso e fez que ia pagar a conta, mas desviou o olhar para mim e guardou-a de volta. Nelson se debruçou no balcão.

Tá tudo bem, Nelson. Eu pago.

Como assim? Nada disso. Vamos pedir outra coisa, é falta de cavalheirismo da minha parte você chegar e eu ir embora. Quer beber o quê?

Vai dar tudo certo, Nelson. Deixa comigo.

Se tinha uma coisa que Nelson não gostava era de falar da própria vida. Esfregava as mãos como se lavasse as manchas no ar e cuidava para não encostar nas coisas. Era como uma reação às pessoas que evitavam chegar perto dele. Nelson, de certa forma, conservava essa marca do passado. Era arisco e ressabiado, mantinha distância das pessoas. Por outro lado, dava a impressão de que temia chegar perto de qualquer superfície por medo de machucar a pele sensível.

Não, pode deixar. Disso eu sei, ele disse. Que vai dar tudo certo. Moça. Me vê mais dois cafés. Com todo o respeito, você tem um perfil angelical. Lembra uma menina que fazia catecismo comigo.

Então, Nelson, deixa a funcionária em paz. Conta como você veio parar aqui de novo.

Como ou por quê. Eu fugi, cacete, já te disse. Saí da prisão e passei dois dias por aí. Foi quando dei um pulo em casa. Sorte que os meninos não estavam, só a Simone.

Seria mais barra se eles estivessem, é verdade.

Mas aguentar a mulher foi foda. Queria que a gente trepasse, fazendo tipo de mulher rejeitada. Ela não me visita na prisão e sou eu quem tem que fazer um agrado. Bom, tava precisando de um sexo de qualquer jeito, mas tava com pressa, como você já imagina. Nelson riu.

Tá, já entendi que não era nada contra ela. Você só tava com pressa.

Só precisava cair fora. Pelo menos acalmei a Simone, e nem tem como me dedurar. Acha que eu tô morto.

Morto?

É. Falei pra você. Os caras tavam atrás de mim. Aliás até o boliviano que vocês tiveram a delicadeza de encher de bala outro dia.

Que boliviano?

Pois é, agradece ao Adriano da minha parte. E eu ali, entrincheirado atrás de um carro do outro lado da rua, vendo a cena. Sinceramente, nem acreditei. Quem precisa de inimigo quando tem um síndico insone pra dar banda no centro assim, às três da manhã? Pela madrugada, como diria minha mãe. Esse Adriano aí é doidão, hein?

Ah, era isso. O cara veio mesmo atrás de você então? Era um capanga?

Bom, pelo menos da última vez que vi o cara no Acre, era um capanga. Queriam minha cabeça. Sei que ele era seringueiro, mas se alguém lhe desse um trocado saía pra matar. Escapei da casinha onde me prenderam, ele e outro cara, o Josias, você nem sabe. Mas a barra ainda não tá limpa pra mim. Deixa a Simone achar que eu tô morto. Se eu voltar, levo tiro, e é isso o que ela tem que entender. Não é nada contra ela.

Também, você queria o quê? Foi pra terra de ninguém, se voltar vai levar tiro mesmo.

O Acre, falou Nelson, abrindo os braços no ar, é o mundo da borracha, o das seringueiras de Luiz Gálvez, o Imperador. Imagina, Oscar. Do ouro negro da borracha passaram ao ouro vermelho do mogno. E dos ipês.

Sempre existiu mercado clandestino por ali, ou não?

Sim, até que chega um momento em que você começa a trocar de carro todos os anos.

Sei.

Nunca gostei de bancar o militarzinho por ali. Foi por isso que as coisas deram errado pra mim. Faltou comunicação. Faltou punho da minha parte. Bom, então tava na casinha, dizendo eu não volto pra prisão. E vocês dois sabem disso, eu falei. Vieram aqui pra me matar. Mas isso aqui é uma maravilha arquitetônica, eu disse pros caras. Olha só essa casinha.

Você só provocando, Nelson.

Tentava superar a caminhada no escuro pelo mato, sabia que ia morrer ali dentro daquela casinha e com sorte ter a cara coberta com a revista onde o homem escondia a arma. Josias, o funcionário da prisão, e o boliviano nem fizeram comentário. Estavam concentrados, iam me matar, caralho. Eu sabia que ia morrer.

Puxa vida.

Sabe o que eu senti? Uma angústia, não sei. Vi minha própria mão no sol, queimando por dentro. Foi essa a imagem. E era de noite. Só tinham uma lanterna.

Meu.

É. E tava difícil bancar o esperto ali, viu? Tá olhando o que, mocinha? Cuida da tua louça aí, caralho.

Calma, Nelson.

Então, Oscar. O Josias me disse, se você quiser se mandar daqui, assina logo a declaração, dizendo que você nunca mais vai aparecer por estas bandas. Porque você sabe que botou pra foder. Daí eu ri, sabe, Oscar? Enrabei o cara na prisão, o cara tava puto, o tal do Josias, sei lá. Deve ter ficado apaixonado e falou aquilo.

Por que ele ficou puto?

Ficou puto porque ele se sentiu usado, ué. E acho que perceberam que ele me liberou a fuga. Deve ter se queimado por isso. Ele disse, todo metido a alto funcionário, que ficavam só os que achavam que tinham recurso. Os que se achavam capazes de peitar a lei. E quem não tinha sido jurado de morte. Examinei o teto da casinha naquele instante e achei que fosse morrer.

E o boliviano?

Ah, esse era o pior. Falava me intimando. Tá olhando o quê? O boliviano coçou a barba. La maravilla arquitectónica?

E você?

Eu não respondi. Falava só com o carcereiro, mas esse também tava puto comigo. Veio aqui pra colaborar?, o Josias queria saber, meio atordoado. Parece que você não entendeu que o preso aqui é você, ele falou. Daí eu falei mais alto que ele. Na verdade esse é o meu trabalho, sou empreiteiro, respondi. De casinha eu entendo!

E? O que ele disse? Ou ficou rindo com você?

Ele disse o que, mesmo? Deixa eu lembrar. Ah, é. E tava fazendo o que com aquela papelada toda? O problema não foi burlar a lei. O problema foi botar nomes por aí. Entendo que você tenha apanhado pra cacete, mas é bom ficar esperto como fala comigo. Temos quatro juízes operando aqui mesmo. Por aí você já vê que o sistema de justiça é tão eficiente quanto essa arquitetura e a putaqueopariu.

E você?

Ia falar o quê? Pedir desculpas de joelhos? Ficar vendo o Josias juntar os cacos do coração partido dele? E o boliviano morrendo de medo, botando pinta de corajoso. E eu só pensava em dormir. Tava exausto. Por mim teria tirado uma soneca naquele quarto todo cagado, cheio de mosquitos. Daí o boliviano, com aquela cara de maluco, magro pra caralho, tirou a arma de dentro da revista. Presente do teu patrón, ele disse. Disse pra te meter uma bala na cabeça. Vai, de espaldas.

E o Josias?

Pois é. Meu amigo da penitenciária, de repente, me defendeu. Calma, calma. Tirei o cara da prisão pra gente conversar, ele falou. Essas foram as ordens. O boliviano ficou olhando como se não entendesse português. Ele tava armado, e então deu um tiro no pé do carcereiro. Depois foi a maior xingação. O cara da cadeia abaixou pra sentir a ferida, e tirou uma arma de dentro da barra da calça. Vai, filho de uma puta, ele falou pro boliviano. O boliviano atirou e o outro também. Um no outro.

E você?

Eu corri. O boliviano tentou correr atrás de mim, mas sangrava na perna. Sentou no chão, daí o discurso era outro. Volta, Nelson, no te mato mais. Juro. Quedan elas por elas. Corri até ficar perdido no mato.

O boliviano morreu aqui em São Paulo, mas e o carcereiro? Esse cara ia te matar? Ou foi te buscar?

Acho que veio me matar e ficou com dó. Se sobreviveu, deve estar fodido agora, coitado. Ninguém mandou o cara me defender.

Sorte tua.

É, sorte minha, já desde a prisão. Pediu pra chupar meu pau, nesse esquema. Deixei e ele virou um aliado. Me chamava até de maridinho, pior que a Simone. Eu tava zero interessado em ficar de paquera, ainda mais com um carente desdentado, mas o Josias foi com tudo. O cara me chupava com mais força, e me prometia mais a cada dia.

E aí?

Nelson riu e se aproximou para falar baixo. Daí, Oscar, passei cuspe no meu pau e meti nele. Fiz força pra não pensar. Cara. Eu me forcei em cima dele, no amontoado do colchão e contra a parede, várias vezes, fazendo força também pra ninguém ouvir. Foram essas escapadas na madrugada que salvaram minha vida. Na despensa da prisão, no quartinho do Josias. Enforcava o homem no braço e ficava imaginando a dor do maluco naquele rabo que eu metia sem dó. O Josias gemia pro maridinho. Foi assim que me chamaram quando me deram uma surra no refeitório. Maridinho. Todo mundo, a essa altura, sabia que eu pegava o carcereiro, e tinham inveja porque eu me tornei um privilegiado lá dentro. Por isso escapei.

Andei na estrada, trilhei a beira do asfalto do jeito mais tranquilo que pude, tentando me acalmar, mas sem saber se alguém tava atrás de mim, cada vez mais tenso com a possibilidade de ser visto. Bom, tava tudo escuro, mas ainda assim. Ao mesmo tempo, a sensação de liberdade, sabe? De virar outra pessoa. Não sei explicar. Muito bom. Nelson respirou fundo, como se revivesse a esperança que sentiu naquele momento.

Mas e aí?

Aí que eu estava com uma grana no bolso, tinha acabado de receber pela tal empreitada. Então um carro parou, era um casal bêbado discutindo alto; não pareciam ter nem trinta anos. O cara tinha cavanhaque e a moça, uma franja bem aparada no meio da testa. Parecia que tinham acabado de sair do cabeleireiro, os dois moderninhos malucos. O motorista falava fino, tinha um rosto meio estranho, com uns olhos grandes e o queixo pequeno. Apontava o dedo assim no rosto dela cada vez que falava, e ela dizia pra ele não encostar nela. Acho que esqueceram que eu tava no carro, não é possível.

Nelson riu do próprio relato, do alívio de estar em um veículo que o levava para longe da casinha.

Oscar, eu tava pouco me fodendo com a briga dos caras, que por sinal tavam bem loucos, mas me deram carona até o aeroporto de Rio Branco. Vi meu sonho do Acre esvoaçar pela janela, se é que eu tinha algum.

Tipo a bandeira do Acre.

Isso. A bandeira do Acre, que parece uma pista de skate com uma estrela no alto, à esquerda. Rio verde, é isso. Dizem que *akir* quer dizer dormir. Até rima.

Sossego não foi exatamente o que você encontrou lá.

Pois é. O rio nunca tem uma margem só.

Nossa, que profundo, Nelson. Tipo Acre, no Mediterrâneo. Era uma das cidades mais antigas do mundo, com um jardim encantado e uns calabouços. A Marcela adorou quando eu disse isso. Ficou me achando culto e tal.

Quando foi isso, Oscar? O lance do Mediterrâneo?

Sei lá. Quando perderam o domínio na Terceira Cruzada pros muçulmanos. Ainda tá lá, em Israel. Olha na internet.

É tudo uma questão de geografia, Oscar. Minhas faturas também eram do Acre. Às vezes da Amazônia. E por aí vai. Especialmente porque deixei meu carro pra trás, a vida, tudo. Puta, cara, naquela carona eu tava pensando nisso tudo.

Imagino.

Falei pros caras dirigirem com mais cuidado, em especial quando a gente passou pela polícia rodoviária. O homem no volante continuou brigando com a mulher, chamando a atenção, praticamente aos tapas ali, e a patrulha nem viu nada.

Então você veio de avião.

Comprei passagem pra Porto Velho, o avião tava quase saindo. Esperei várias horas quando aterrissei, sem sair do aeroporto, meio noiado que alguém fosse me pegar, sei lá.

Ficou fazendo o quê?

Tomei umas cachaças e peguei outro voo pra Brasília. Fiquei meio paralisado, pensando se era isso mesmo, se ia mesmo pra São Paulo, apesar de já estar com a passagem. Troquei pra manhã do outro dia, primeira hora, e fui. Cheguei em Congonhas.

Tua mãe disse que você tava em Guarulhos.

Ela confundiu tudo. E a gente explica uma, duas vezes, depois diz tá, mãe.

E você fez o que na viagem?

Quer saber quantas vezes fui ao banheiro? Dormi, caralho. Achei uma revista no chão, sob a poltrona, o que me deu uma aflição porque me lembrou da revista com a arma embaixo, na casinha, quando queriam me matar.

Imagino.

Esperei que a polícia fosse atrás de mim, e até durante o cochilo sonhei com isso, mas quanto mais tempo passava no avião, mais me ligava que ia ficando distante do Acre, fora da zona de perigo. Circulei pelo aeroporto de Porto Velho, depois no de Brasília, encarando outros passageiros, pra ter certeza de que ninguém me seguia. Fiz isso várias vezes.

Viagem longa.

Bacana que você, Oscar, tem a capacidade de se colocar no lugar do outro. Quando falo com você, a coisa fica parecida com a realidade mesmo. Você não fica relutando, fazendo de conta que não entendeu. Sabe no que pensei, Oscar, quando fui chegando perto de São Paulo? Lembrei de quando fui pra Santos pra ir morar com os tios. As luzes na neblina, o medo que senti. Cara, eu era muito novo. Como odiei minha mãe por isso. Eu tinha dezessete anos. Desci pela estrada velha, com mil túneis.

Nisso a gente se parece.

Vai, caralho, libera tua carteirinha do Sesc. Eu até deixo você cortar minha cordinha. A cordinha da minha sunga.

Porra, Nelson.

Quando cheguei a São Paulo era de manhã. Passei por alguns policiais, peguei um táxi, pedi pra me deixar na praça da República. Precisava caminhar, reconhecer o lugar. As buzinas eram uma loucura, eu tinha desacostumado mesmo, sabe? Parecia que me perseguiam na rua. E parar na frente do prédio em que cresci era muito pra mim. Fiquei olhando aquilo ali, então entrei e fui direto pra minha mãe. Toquei a campainha, ela quase morreu. Devia ter visto a cara dela.

De manhã?

É. O porteiro da manhã, como é mesmo o nome dele? Então, ele interfonou lá pra minha mãe. Depois vi o Décio no mesmo dia, esse eu já conhecia de antes, ele me reconheceu de cara. Nelson riu. Tava com uma bota de cano alto branca. Quase pedi uma roupa emprestada pra ele. Como ele ficou veado com os anos.

E a Marcela? Ela disse que subiu com você no elevador.

A Marcela? Não, isso foi mais tarde.

Mais tarde?

É, Oscar. Mais tarde. Desci, vi o Décio que você me falou, quer dizer, que eu falei, tava fazendo não sei o que lá porque o turno dele começa mais tarde. Saí pra dar um rolê, caminhei um monte e na volta sentei na sarjeta, então decidi não ficar ali, dando bandeira pra policial ou pra algum curioso. O que, Oscar? Foi quando vi a Marcela. Ela andava apressada, com a bolsa bem presa embaixo do braço, nem parecia aquela santista sossegada da juventude. Tava escurecendo já.

Fiquei com a sensação de que ele não terminou o que tinha começado a dizer. Acho que foi o jeito que me olhou durante alguns instantes, na tentativa de completar as frases.

13

Sempre soube que Marcela tinha a necessidade de se aventurar, de sair por aí, desde antes de se mudar para São Paulo. Gostava de acreditar que era cúmplice dela nisso, porque só eu adivinhava o quanto ela se sentia contraída pelas nuvens baixas e pesadas da praia. Em São Paulo, era a luz plúmbea que desencadeava uma reação química nela, e acho que por isso tinha de escapar do cotidiano mais ainda, para vencer os próprios limites. Concordo que meu esforço de compreensão do seu temperamento – e consequentemente das suas escapadas – não tinha muito distanciamento, o que decerto para ela era o mesmo que uma proximidade sufocante. Não o fazia com frequência, nem ela era meu gato de estimação, como chegou a me dizer.

Se bem que até gato de estimação precisava do seu espaço fora de casa, ela reagiu.

Desde que Nelson voltara, eu tentava não perguntar onde ela tinha estado para evitar que mentisse. Por sua vez, Marcela preferia desligar o celular para não ter que ignorar minhas chamadas. Cada um fazia sua parte para o bom andamento das coisas, mas ainda assim eu acabava ressentido e inseguro por ser submetido a um jogo do qual não fazia parte.

Marcela se acomodava nas almofadas, entre a televisão ligada sem som e inúmeras receitas de cozinha que copiava do computador. Levantava o rosto em reação a alguns clarões súbitos de comerciais na tevê, revelando sua distância característica.

Queria saber o que eu tinha em mente, vinculando-me a ela por meio dessa indiferença disfarçada de pergunta.

O que Marcela não sabia ou fingia ignorar era que todo dia, antes dela chegar, eu vasculhava os cantos da casa buscando por ela. Eu ficava olhando pela janela, ansioso diante das árvores da praça, passando meu olhar inquieto sobre tudo o que alcançasse, mesmo de noite. Parecia avistar os ipês, os mesmos que Nelson encaixotava na selva do Acre, próximo de Manoel Urbano, para colocá-los no caminhão, em retângulos. E eu querendo proteger de qualquer jeito nosso piso de madeira com uma camada de sinteco em cima. Ao menor ruído rumava até a porta de entrada, tentando enxergar qualquer coisa pelo olho mágico que algum idiota tinha conseguido riscar. Queria Marcela de volta, entregue a nós, à nossa pequena família.

Nada, Marcela, eu queria ficar juntinho. Só isso.

Não precisava dizer nada, o desejo de me aproximar era óbvio, o que gerava uma tensão no ar. Ainda assim, eu me instalava ao seu lado, tentando contornar seu jeito arisco, mas só conseguia provocá-la mais.

Tava chato no restaurante hoje?

Por quê?

Vi que você foi pegar o carro de novo.

Marcela estreitou o cabelo espesso. Fica me vigiando.

Passei no restaurante e nada. Normal eu ter passado, né? O celular desligado. Que nem no outro dia, quando a gente foi ao Sujinho.

Olha, Oscar. Não enche meu saco, poxa. Já te disse, não tô escondendo nada de você.

A voz exacerbada indicava seu mau humor fulminante, ainda mais quando vinha carregada de um timbre metálico, enquanto o olhar sob as pálpebras inchadas se fixava em mim, antes de explodir tudo pela sua frente. Marcela era capaz de absorver o mundo inteiro para si e descartá-lo no mesmo impulso.

Tive um dia longo.

Nota-se, eu disse, sem me dar por vencido.

Marcela voltou a me encarar, como se tentasse recuperar um pouco de paz até o próximo ataque.

Nossas mãos já se evitavam havia muito tempo, mas não tanto como agora. A ocasião para um carinho rápido quando subíamos encapsulados no elevador tinha se transformado em uma viagem solitária a dois. Marcela se empenhava em marcar a distância, dando um jeito de ficar com os braços cruzados. Para não dar a impressão de que tampouco dependia da boa vontade dela, eu procurava algo no bolso da calça e, se estava próximo ao mostrador, fazia como dona Vera. Alisava a chapa de aço ou contornava com a ponta do polegar os números em baixo relevo. O que denunciava minha ansiedade era meu dedo, que chegava a embranquecer pela força que concentrava no número nove.

Oscar, uma vez só tá bom.

Só de birra, eu apertava de novo.

Se algum vizinho subia junto, ela dava o troco. Chegava a ser constrangedora sua atitude de praticamente esconder o rosto nos cabelos, olhando para baixo, já com a chave do apartamento na mão.

Na praça Roosevelt era diferente. Morávamos no quarto andar e o elevador era menor, desses de grade. Até chegar na nossa quitinete ouvíamos todo tipo de enguiço e estalo, e a expressão no rosto da Marcela era de pânico, especialmente no primeiro arranque do ascensor. Eu a abraçava, rindo dela. Os primeiros anos de São Paulo foram assim, o que não se repetia ali no novo prédio. O Atlas do Trapézio Imperial. A estranheza já começava pelo nome incoerente, o que não deixava de ser engraçado. Ultimamente Marcela parecia estar alheia a tudo. Seus pensamentos flauteavam em sintonia com as correntes da casa das máquinas, os mesmos sons que serviram um dia como desculpa para ficarmos mais próximos um do outro.

Esses sumiços, ainda mais associados à presença do Nelson no prédio, levaram-me de volta à nossa adolescência em Santos, a uma escapulida específica que aconteceu durante a semana, que me marcou muito porque foi a primeira vez que passei horas com Marcela em uma prainha deserta, praticamente só ela e eu, graças a um convite do Bakitéria. Estava havia quase três meses em Santos e começando a me adaptar à cidade. Meu colega era sócio do Clube de Regatas Santista, e já estávamos planejando há tempos matar aula para remar fora da baía. Ele mesmo tinha uma regata e se dizia experiente.

Marcela ouviu a gente combinando detalhes para a escapada do dia seguinte e pediu para ir junto. Bakitéria me incumbiu, na frente dela, de preparar o lanche. Lembro que acordei bem cedo para caprichar no sanduíche de maionese, que ela devorou mais tarde com uma vontade doida, adoçando nossa distância da areia com um sorriso dominante, deixando-se dissolver na paisagem mansa. É uma memória que contrastava radicalmente com outra.

Não fazia nem uma semana que Washington fora morto com um tiro nas costas e enterrado às pressas no dia seguinte. Na cidade só se falava nisso, inclusive eu ouvira boatos, no intervalo das aulas, de que Nelson e Marcela tinham planejado sua morte, se bem que as suspeitas apontavam para um traficante que eu mesmo já tinha visto por aí. Quando Marcela se convidou para o passeio, fiquei imaginando sua vontade de refrescar a cabeça.

Combinamos os três na ponta da praia. Marcela chegou sozinha olhando para baixo, o cabelo protegendo seu rosto. Não pareceu me reconhecer, apenas me encarou com os olhos vermelhos de chorar. Pensei no Washington, que era meu amigo, e fiquei com pena dela. Bakitéria explicou que íamos sair para longe, indicando o mar como se avistasse algo específico. Beleza, gente?

Tá legal. Marcela inclinou a cabeça para o mesmo lado que concentrou o cabelo. Parecia que as madeixas pesavam.

A maré vazante serviu para sair da encosta. A baleeira, como ele chamava o barquinho, tinha dois metros. Cabíamos os três sem sobrar muito espaço. Bakitéria e eu remamos por duas horas, cada um de um lado porque a maré estava forte, enquanto Marcela segurava a mochila, procurando não molhá-la por causa dos sanduíches. Ela olhava para a frente, fechando a camisa jeans na altura do peito para se proteger do vento, mas sem medo da água que espirrava no seu rosto. Embaixo usava uma camiseta que deixava à mostra a tira do biquíni contornando a nuca.

Entre as embarcações grandes de pesca no meio do canal, sentíamos que éramos minúsculos. Fomos avançando contra a maré e as gaivotas nos acompanharam por um tempo atrás dos resíduos que flutuavam sobre a água cristalina, cheia de movimento por causa dos barcos. Mesmo onde o mar estava mais aberto, boiavam latas perdidas, às vezes uma caixa de isopor ou algum pedaço de madeira. O mar de Santos era um excesso de coisas sem nome, só coisas, apodrecendo sob o sol.

Só depois da baía de Santos é que o mar ficou calmo, tornando-se uma massa pesada e constante, e as ondas já não se formavam. Depois da praia do Sangaba, passamos pela ilha das Palmas. Fomos pelo Saco do Major e foi ideia do Bakitéria parar na praia do Cheira Limão.

Puxamos a regata para fora da água e nos jogamos na areia, exaustos. Marcela disse que nunca tinha ido tão longe de barco. Visitara certa vez uma ilha, a Porchat. Fora com as amigas, mas por terra, pela ponte conectada à ilha de São Vicente.

E olha que Porchat só é ilha quando a maré sobe, disse Bakitéria, porque quando abaixa as areias se encontram. Bakitéria apontou para uma gaivota. A plumagem das gaivotas leva anos pra se formar, ele falou. Sabiam? Essas aves são monogâmicas, olha que engraçado.

Marcela fincou os dedos na areia e levantou a mão, como um pequeno guindaste. Virou-se para Bakitéria, as sobrancelhas pareceram pesar-lhe sobre os olhos. De repente, chorou. Eu sabia que era por causa da morte do Washington, não tinha nada a ver com o que Bakitéria acabara de dizer. Senti raiva daquela situação. Depois de alguns soluços, Marcela fez força para não chorar mais. Endireitou-se e me olhou, tentando assimilar onde tínhamos parado na conversa.

Já viu? A vegetação acaba no mar, tentei dizer.

Marcela sorriu. É.

Marcela sentou para tirar a camiseta. Não tive coragem de olhar na sua direção, mas senti sua presença abafada, ela ajeitando o biquíni em cima do peito. Ao espiar de volta, fixei-me na covinha do rosto que aparecia cada vez que ela sorria.

Confirmei o que disse, apontando para os pés de limão, com os ramos enroscados nas pedras. O cheiro era uma combinação das frutas apodrecidas com a maresia. Eram vinte metros de praia, de uma pestilência adocicada especial, cítrica e entorpecente.

Passamos o fim da manhã ali, acampados sobre toalhas, trocando frascos de bronzeador e uns baseados que Marcela trouxe. Examinávamos as conchas e o que íamos achando na areia. Marcela tinha um jeito de transformar o que tocava em algo especial.

Enrolou o baseado cuidadosamente, deixando espaço no papel para encostar a língua molhada, tremendo de leve. As pontas dos dedos deviam estar salgadas, imaginei, assim como o resto do corpo dela. Voltou a acendê-lo. Tragou, coçou a perna, passou para mim e deitou novamente, com o rosto virado na minha direção. Era um rosto bonito de olhos fechados, com as sobrancelhas arqueadas e a covinha aparente; ela também tinha uma voz feminina, ligeiramente rouca.

Tirei a camiseta e deitei ao seu lado. O cheiro de limão se fazia presente. Esbarrei de leve na sua mão, que repousava aberta, desacordada, segurando metade de uma concha, e ela apertou minha mão de volta. Olhei para Marcela, que ficou me olhando bem de perto, e sua mão se fechou na minha, úmida e um pouquinho trêmula.

A presença vertical do Bakitéria fez sombra.

E aí, Bakitéria?

Não, nada. Viu as gaivotas? Desculpa aí, mas vou dar uma de esfomeado, ouvi Bakitéria dizer de repente. Vou encher a mão de batatinha. Passaí.

Bakitéria era nosso intermediário, um cupido que bocejava enquanto comia batatinha. Engasgou e acabou cuspindo o farelo empapado.

Uma hora depois veio a tempestade. Choveu muito. Esperamos que passasse enquanto fazíamos guerra de limão podre, os três dando risada na chuva.

Na volta, Marcela perdeu um dos chinelos e gritou quando uma onda a encharcou. O mar estava bastante agitado e por um momento pensamos que não iríamos conseguir sair dali. Finalmente um barco pesqueiro enorme, desses que pescam tudo, até camarão, rebocou nossa regata. Marcela limpou o rosto molhado, enquanto o motor que nos arrastava ia ganhando velocidade.

Eu sabia que Marcela iria encontrar Nelson, só não imaginava que ela já tinha combinado com ele que, horas depois do nosso passeio, fugiriam juntos. Ao voltar a examinar aquele dia, percebo o quanto Marcela foi ficando mais e mais calada conforme avançávamos de volta na direção de Santos, abraçando o próprio corpo como se sentisse frio, mas eu sabia que ela se fechava de repente, sem nenhum tipo de transição entre a extensão azul e a possibilidade de um escape de verdade.

Lembro dos matizes indecisos de um fim de tarde que termina inundado de sol depois de uma tempestade, da cena urbana se aproximando do nosso barquinho, dos prédios que iam se fechando em uma solidez que acossa conforme íamos entrando na baía.

Anoitecia quando pisamos na areia. Vi a silhueta das pessoas recortadas na fogueira. Ao distinguir Nelson parado ali no meio, achei que era comigo, que estava puto porque tinha levado Marcela no passeio. Aguentei firme aquela cara indolente e suas passadas incertas mal acostumadas à areia. Pensei que fosse apanhar de novo, mas Marcela foi até ele e inclinou a cabeça no seu ombro antes de dizer oi. Começaram a discutir, e pelo pouco que pude perceber, era coisa entre eles. Não tinha nada a ver comigo nem com a regata.

Marcela olhou de volta. Deu um tchauzinho, Bakitéria me cutucou, mas o casal já tinha se afastado. Pensei que falassem sobre a morte do primo do Nelson, e provavelmente estava certo. Sumiram de Santos na mesma noite, sem deixar nenhum vestígio.

Mas me conta uma coisa, Marcela.

Hm.

Lembra daquela viagem nossa de regata, depois que o Washington morreu?

Sim.

Quando você fugiu com o Nelson, já tinha armado tudo antes de sair com o Bakitéria e comigo? Só passou o dia fora pra ganhar tempo, foi isso?

Tempo?

É, Marcela.

Já te disse que não me lembro de quando fiquei fora com o Nelson.

Assim como você também não se lembra do que aconteceu hoje, nem ontem, nem anteontem.

Oscar. O que você quer? Implicando de novo com o Nelson. Pra quê?

Marcela.

O quê, Oscar?

Eu gostava de você. Achei que você tinha ido porque queria ficar comigo, só isso. Porque tava triste que o Washington tinha morrido, porque tua mãe pegava no teu pé, sei lá. Nada de mais, só lembrei dessa história. É que algo me faz voltar à mesma situação. Às vezes acho que você tá planejando algo, Marcela.

Contra você? Por favor.

Você queria ficar com ele naquela época. Fico achando que é igual agora, que nada mudou. Ou não?

Ah é, Oscar. Que novelinha boba é essa que você plantou na tua cabeça? Queria ficar com ele, mas ele não queria saber de mim. Então, não tive alternativa e voltei pra Santos. Marcela levantou os ombros. Foda-se. Desisto de conversar com você. Por que você quer sempre voltar ao passado? Pra que serve isso?

Sempre teve alguém querendo ficar com você.

Menos mal, né?

Por que essa irritação toda, Marcela?

Se você quer saber se passei a tarde com o Nelson, é só perguntar. Não precisa refazer todo o percurso romântico do barquinho. Acontece que você só quer me policiar. Tô de saco cheio disso.

Marcela me olhou desafiante, apalpou as axilas, cheia de calor, e ficamos um bom tempo assim, mergulhados no silêncio, o ventilador batendo.

Precisamos de um ar-condicionado, eu disse por fim.

É. Pois é.

Marcela.

Fala.

Vem cá.

Ela se aproximou, inclinando a cabeça para a frente, deixando que o cabelo moldasse seu rosto em duas partes iguais, para em seguida erguê-lo, livrando a nuca do calor que fazia.

Vai, amor, não se preocupa com nada. Você sabe que também posso ser espontânea, como você. Só um encontro com o passado, ela disse.

Vem cá, Marcela.

Prendi o cabelo dela com um elástico que tirei do seu pulso, mostrando que tinha a habilidade de dar uma, duas voltas, e ela me olhou com um sorriso maroto de menina, enquanto eu ajeitava sua franja mal aparada atrás da orelha. Marcela encostou os lábios no meu pescoço, leve o suficiente para que eu duvidasse que fora um beijo. Assoprei seu ombro suado, Marcela não se mexeu.

Provavelmente continuaria estática como quando ficava com o Nelson do outro lado da parede. Sem pensar, dei um tapa no seu rosto. Foi sem querer, quase disse, mas Marcela me olhou como uma criança inocente, como se fosse o primeiro tapa que levara na vida. O ardor não a aproximou de um contato mais estreito com a realidade. Ao contrário. Olhou para mim mostrando um sorriso que ameaçava brotar, e junto com ele a reminiscência de um passado. Não daquele que eu queria falar, que soava como um tapa. O seu era mais raso, como um arranhão na areia que não deixa marca.

Foi ela quem me puxou para o quarto. Sentamos na cama e ela inclinou o corpo para trás, quebradiça como uma estátua de celofane. Perguntei se era assim com o Nelson atrás da parede, quando Vera saía para jogar bingo. Marcela me olhou enevoada, sem entender o que eu dizia, o que me fez pensar de novo no arranhão da areia que não deixa marca, e quando uma vez, no restaurante, eu estava ajudando a limpar o peixe e as escamas entraram embaixo da minha unha.

Levantei a blusa da Marcela e rocei o dente na ponta do seu peito. Ela voltou a encostar os lábios no meu pescoço, deslizando os dedos para dentro da calça, arrancando em seguida a roupa, depois a minha. Subiu em mim e mordeu meu ombro. Em seguida me deu um tapa. Marcela arregalou os olhos e riu, avivada pela minha surpresa, conduzida por uma metamorfose prazerosa, na força do movimento de quem se arrasta em cima do outro.

Diante da possibilidade de um ardor corrosivo, riu de novo, transbordante. Perguntou se começaríamos a resolver tudo na base do tapa e, acariciando minha face, deixou que um pouco de saliva caísse na minha boca. Não sei se foi de propósito, mas era algo que nunca tinha feito.

Senti sede. Pedi para ela não sair dali, enquanto tateava o sinteco liso como um caramelo em busca de um copo que tinha deixado ali de manhã.

14

Senti o cheiro forte de gás no instante em que Marcela acordou tossindo. Abri a janela e saímos do apartamento. Bati na porta da dona Vera, chutei, chamei alto, e nada. Ninguém respondeu. O 9C e o 9D estavam vagos, mas mesmo assim gritei, chamando por qualquer um que pudesse estar ali. Voltei para buscar meu celular e liguei para os bombeiros. Na portaria, Décio não tinha notado nada, nem visto Nelson sair.

Quando arrombaram a porta, encontraram a mulher sentada sobre o vaso sanitário. Foi levada imediatamente para a Santa Casa. Não deixaram que eu me aproximasse quando passaram pela portaria e Adriano, que fazia plantão naquela madrugada, ligou para mim logo depois.

Oi, Oscar. Não tivemos como fazer nada, ela chegou morta. Ouvi a voz do Adriano. Como eu não respondesse, ele voltou a falar. Infelizmente ela foi a óbito, Oscar.

Pus uma roupa e fui ao hospital. Adriano estava logo na entrada. Vi remorso no seu olhar.

Oi, Oscar. Então.

Não teve como?

Já chegou morta no hospital. Como síndico do prédio, não como médico, de certa maneira, até me sinto responsável pelo ocorrido. Eu não tinha conhecimento do aquecedor antigo, e logo no banheiro. Geralmente é no banheiro, Oscar. O povo é louco. Daí chega uma frente fria e já sabe. Fica tudo trancado, sem uma fresta pra circular o ar.

Você não tem culpa, Adriano.

Eu sei. Sabe que isso é responsabilidade dos bombeiros, não do prédio. Por outro lado, ela não ligou pra ninguém pedindo inspeção.

Viveu assim a vida toda. Por que ia ter esse tipo de preocupação?

Você sempre defendendo a negligência da mulher. Olha no que deu. Você vai me defender se vierem atrás de mim? Do síndico?

Levantei os ombros.

Agora. Cadê o filho? O Nelson?

Nem ideia.

As lágrimas vieram com tudo. Adriano me abraçou. Ô, meu amigo. Vai, Oscar. Eu sei que você era próximo dela. Foda-se o Nelson.

Melhor que ele nem esteja por perto, consegui dizer, sabendo que minha comoção só expressava fraqueza.

Adriano me levou para tomar um café. Botou uma moeda na máquina e a bebida desceu em um fio líquido aguado no copinho de plástico. Passei mais um tempo com Adriano, até ele dizer já volto, e me vi na recepção entre enfermeiras e outras pessoas. Resolvi ir para a loja, e Marcela, como por milagre, telefonou mais tarde para saber como eu estava.

Aproveitou para dizer que Sueli estava organizando uma vaquinha para a cremação da vizinha, que deveríamos contribuir. Disse que Sueli iria de porta em porta com uma carteira coletando o dinheiro e anotando meticulosamente o valor exato que arrecadava de cada morador, para que não houvesse confusão, segundo ela. E que a polícia não chegou a isolar o apartamento para realização de perícia, mesmo com Adriano tendo sugerido que Nelson a matara.

Décio comentou mais tarde que Nelson entrava e saía do prédio muito ocupado. Já em casa, chamou minha atenção que o telefone nunca tocara tanto na casa da vizinha como na noite que seguiu à sua morte.

Querem ter a certeza de que ela não vai atender mesmo, disse Marcela.

Fiquei pensando se Nelson limparia o apartamento, tiraria seus pertences, a começar pelas pilhas de caixas de comprimidos esquecidos nas gavetas, seguidos pelos celofanes de depilação no banheiro, o café no frasco de cristal.

Tudo indicava um acidente. Marcela, no entanto, estava segura de que fora suicídio. Que razão essa mulher tinha pra viver? Aparecia no Kidelicia com aquela cara.

Nelson devia estar em casa, mas continuávamos ouvindo os telefonemas fantasmas que ninguém atendia. Lembrei dela na porta de casa pedindo café emprestado, estendendo seu frasco de glamour tardio nas mãos.

Ninguém considerou que Vera fosse do tipo suicida, respondi a Marcela.

Nem eu, ela respondeu.

Na portaria, o bombeiro disse que a encontrara sentada sobre o vaso sanitário com as mãos duras, abraçando-se. Os olhos estavam abertos, na direção da janelinha alta do lado da ducha. Fiz um sinal de compreensão, reconhecendo o modo de Vera cruzar os braços. Talvez estivesse com frio.

A janela do banheiro estava fechada?

Positivo.

Tentei imaginar a expressão no rosto da Vera quando o bombeiro a encontrou. Seria a de quem faz uma prece, quase disse, pela sua Vila Buarque esquecida, das ruas quebradas.

E olha que tudo isso já foi parte de um sítio bem verde, ela teria completado.

No estacionamento do crematório, o motorista Vitor embicou na vaga para fazer o retorno. Avisou que esperaria com o taxímetro ligado, levando a mão para fora, como quem sente a chuva. Não chovia.

Décio tinha se oferecido para chamar o namorado, que era taxista. Deu a entender que estaríamos ajudando e ele, do seu lado, faria bom preço para nós. Vitor, todo corporativo, estacionou na frente do prédio e saiu do carro para apertar minha mão. Estava a ponto de chover, Marcela já me olhava arrependida diante da possibilidade do trânsito.

No crematório, levamos alguns minutos tentando convencê-lo sobre o taxímetro. Falei que, se não fosse nosso rodízio, ele não teria nos trazido. Terça-feira era o dia do rodízio do nosso carro. A cremação seria na parte da tarde, mas eu quis ir cedo porque Marcela precisava estar no restaurante, expliquei.

Além do que, mas não disse isso a ele, estava muito chateado para aguentar a cerimônia, sobretudo com a presença mais que provável do Nelson. Por fim Marcela perguntou se ele não sentia peso na consciência de se aproveitar da dor alheia, lembrando aliás que Décio prometera em nome do seu namorado que faria bom preço.

Vitor sorriu olhando para baixo. Sim, claro. Desligo o taxímetro antes de terminar a corrida então. Décio me disse que o senhor é o vizinho, mas não chega a ser parente também, é?

Na falta de um nome me chamou de amigo. Decerto esqueceu que eu me chamava Oscar. Saí do carro depois da Marcela.

Havia três carros estacionados na mesma área reservada para funcionários. Marcela cruzou a alça da bolsa no corpo antes de entrar no saguão. Estava quase vazio, havia uma recepcionista ao fundo.

A parede do saguão de frente para a entrada estava revestida de hera, que descia do alto até tocar o chão. Era um corredor aberto com um jardim salpicado de flores campestres. O galpão central lembrava uma construção simples do interior com uma estrutura de ripas cruzadas, arejada e limpa, exceto por uma claraboia circular nos moldes do Panteão de Roma bem no meio, onde ficava a lanchonete.

Assim que nos aproximamos, a funcionária desligou o celular. Muito bom dia aos senhores, ela disse. Era uma moça loira de sorriso perfeito. Procuram por dona Vera Panchetti?

Sim.

O cunhado dela pediu para avisar que são todos bem-vindos, que o café na lanchonete é por conta dele, que fiquem à vontade.

O de Santos?, perguntei em um ímpeto.

Ela nos encarou exibindo dentes perfeitamente brancos. Os brincos de pérolas pareciam estender o sorriso da recepcionista de orelha a orelha. Sim, o cunhado dela, doutor Rodrigo, que passou parte da noite aqui e foi descansar. Os senhores são os primeiros esta manhã.

E o Nelson, o filho, veio?

Meu senhor, como trabalhamos em turnos aqui, infelizmente não tenho como lhe afirmar.

A moça indicou o final do corredor. É ali, na sala do fundo, à direita. Qualquer coisa é só me chamar.

Obrigada, disse Marcela.

Avançamos em silêncio pelo corredor. As portas abertas revelavam salas completamente vazias. Não havia adornos, caixões, nada. Conforme caminhávamos, o ajardinado do corredor foi se tornando mais presente. Senti-me o próprio visitante aflito, buscando conforto ao longo do canteiro. A última porta à direita também estava aberta.

Vera repousava sobre o acolchoado de cetim branco em um ataúde sem tampo e elevado para que as pessoas pudessem ter mais contato com ela. Beijei sua testa e toquei as mãos cruzadas sobre o peito, tão certinhas que não quis desarrumar.

Marcela apontou para os quatro vasos altos de crisântemos amarelos, dizendo que deviam ter sido escolha da Sueli, mas discordei, pensando no cunhado de Santos, o doutor Rodrigo, que, além de ter perdido o filho, agora era viúvo.

As flores são sua contribuição, afirmei apenas, pensando em quem tinha vestido Vera de um jeito tão fino. Talvez fosse roupa da irmã de Santos que ele trouxera. Era um terno bem ajustado sobre o corpinho flácido. E os vasos de flores faziam vista. Estavam cheios, festivos até.

Será que a Tuca vem, Oscar?

Por quê, Marcela? E o que a Tuca tem a ver com a Vera? Nem se conheciam.

Sei lá, lembrei dela, ela respondeu.

Respirei fundo, sentindo-me culpado por nunca visitá-la, nem ao menos telefonar para a mulher que cuidou de mim em Santos. Precisamos fazer uma visita, disse a Marcela. Minha mulher tinha se aproximado da Vera, mas não a tocou.

Ainda tá com a alma dentro do corpo, disse Marcela.

A maquiagem acobreada sobre os olhos correspondia a uma imagem cristalizada e solene da vizinha. Algo que eu nunca tinha visto. Vera não parecia morta, só um pouco cansada, como se tivesse passado a noite em claro, pensando no que seria da sua vida.

Parece viva, sim.

Cheguei a ouvir o som do elevador e do celofane da depilação. As rugas no rosto tinham se suavizado, mas a falta de piedade na expressão era a própria Vera. Pedi a Marcela para ficar mais um pouco, e ela permaneceu ao meu lado, com o olhar fixo nos botões da própria camisa.

A morte aconteceu no fim da madrugada. Se chegou a perceber um cheiro suspeito, decerto já não tinha força para se levantar nem gritar por socorro. Nelson não estava no apartamento, o que não me surpreendia. Era um insone que andava por aí.

Pareceu-me absurdo que ninguém prestasse muita atenção ao caso. Nem o Corpo de Bombeiros, nem a polícia, que veio depois. O laudo necroscópico indicou asfixia por monóxido de carbono e não se falou mais nisso.

Pensei no Décio, afugentando o frio da madrugada, antes que todos aparecêssemos na portaria, sem saber o que havia ocorrido, e no Vitor, seu namorado, enquanto nos esperava do lado de fora do crematório.

Antes de ir embora paramos na lanchonete, ou melhor, um quiosque, uma pequena construção aberta, com quatro cadeiras. Outra jovem veio com o passo apressado da recepção, ajeitando o cabelo na presilha. Perguntou se tínhamos vindo ver dona Vera Panchetti e nos ofereceu um café.

Tem descafeinado também, avisou.

Limpei os olhos e pedi dois cafés simples. Pensei no cunhado da Vera, que pagava nossa conta naquele instante, o doutor Rodrigo, que ficara tantas vezes ao meu lado no hospital por causa da briga com Nelson. Marcela sentou com as pernas cruzadas de lado e assoprou o café. Tive vontade de falar da Vera Panchetti do 9B, com o pão francês no saquinho amarrotado da padaria.

De volta ao estacionamento, encontramos Vitor fora do carro, que, solícito, abriu a porta para Marcela. Entrou e me olhou pelo retrovisor. Quando nossos olhares se encontraram, perguntou se podia colocar música.

Fechei os olhos para aliviar a tristeza, mas também para me livrar dele. Quis deslizar um pouco no banco, mas o cinto de segurança incomodava, então voltei à posição anterior. Resolvi inventar qualquer coisa para dizer, mas pensava na minha vizinha, dentro do elevador, perguntando se eu tinha notado que tingira o cabelo.

Vitor dirigia calado. Tocava a nuca ou se distraía regulando o espelho retrovisor. Notei o anel dourado e o relógio bem presos, e fiquei pensando no relacionamento dele com Décio, que morava na Liberdade, não sei se com ele. Calculei que nosso motorista devia ter uns trinta anos, metade da idade do Décio. Era moreno e corpulento de academia. Pelo retrovisor, inspirava confiança. De vez em quando topava com seu sorriso de queixo duplo, acentuado pela camisa presa até o último botão.

Rodei muito por essa região, disse de repente. Estudei no Mackenzie.

Ah, é? Também estudei lá. Arquitetura. E você?

Computação, mas não terminei, não.

Nem eu. Você é daqui mesmo?

Cresci na Duque de Caxias.

Logo ali.

Meu cartão. Qualquer coisa é só me ligar.

Obrigado, meu caro.

Tomei um banho ao chegar em casa. Marcela saiu imediatamente para o Kidelicia e o telefone voltou a tocar na vizinha. Ninguém atendia. Senti curiosidade pelo pai do Washington. Depois de tantos anos ele até que poderia estar lá, na porta ao lado. Resolvi ligar no número da casa. Tocou algumas vezes e, de repente, Nelson atendeu.

Alô.

Oi, Nelson, é o Oscar.

Oi. Oscar? O Décio disse que você foi pro velório. Valeu, meu.

Eu fui. E você?

Já fui e volto daqui a pouco. Pra cremação. Diga. Minha mãe não tá.

Não soube se aquilo fora uma provocação ou se tivesse se confundido, por força do hábito. Não, nada, na verdade eu. Eu... Você tá bem?

Sim, na medida do possível. Até meu tio veio de Santos. Você lembra dele. O pai do Washington.

Ele tá bem?

Oscar. Não prefere vir aqui? Não sou chegado a telefone, não.

Tá. Espera um segundo, eu disse, procurando uma camisa no armário.

Nelson demorou para atender. Eu estava a ponto de voltar para o apartamento quando ele abriu a porta. Estava respingado de tinta.

Oi, tava pintando uma parede aqui.

Os móveis tinham sido arrastados para o centro da sala e cobertos com pedaços de plástico. Nem sabia que Vera tinha tanta coisa. No dia em que fui à reunião no apartamento, o espaço me pareceu relativamente vazio.

E isso?

Isso o quê?

Por que você tá pintando o apartamento?

Porque tá precisando, você não acha?

Nelson, você sabe que a gente negociou o apartamento com tua mãe.

E eu sou o filho, disse Nelson, que se agachara para mexer a tinta na lata. Na verdade eu tava pensando em alugar o imóvel. Ou voltar com minha mulher pra cá. Sei lá, não interessa. O bom é que tenho velhos conhecidos aqui por perto. Você e a Marcela.

Tua mãe nem foi cremada. Tá lá no caixão ainda.

Pois é, Oscar. Teu sentimentalismo mata qualquer um mesmo. Você não acha que eu tô abalado com a morte da minha mãe? Talvez mais até que você? Aliás, o que você veio fazer aqui?

Eu? O telefone não parava de tocar. Daí eu liguei. Sei lá. Sei lá o que eu tô fazendo aqui. Você me chamou.

Pois é, Oscar.

Nelson arrastou a lata de tinta com tanta força que ela tombou.

Olha isso, que merda. Poderia te pedir pra você se retirar. Poderia. Mas eu tenho pena. Tenho sim. Você, quem você acha que é? Você tem uma loja de lâmpada na rua da Consolação. Herdou do pai. Eu conquistei tudo sozinho.

Ah, sim. Tô vendo.

Minha mãe era uma desesperada por atenção, dinheiro. Uma desgraçada. Ainda morre aí do jeito mais idiota, achando que iam chorar por ela e, de fato. Pega os bobos tipo você.

Nelson, você é um imbecil.

Ah, eu. Você acorda cedo pra ir ao velório dela. Pra quê? Pra mostrar que você é um bom comprador do imóvel aqui? Mesmo que ela tenha feito um acordo com você, metade do apartamento, pelo menos metade é herança.

Código civil, artigo 1284, Nelson. Caiu a semente do outro lado do muro, se a árvore crescer, é do vizinho. Gozado. Li isso outro dia sei lá onde.

Virou advogado agora?

Não. Pensando em madeira mesmo, Nelson. Só assim você entende. E na quantidade de metro quadrado de ipê com sinteco que eu vou ganhar.

Isso vai ser discutido na justiça.

Nelson andava sobre a poça de tinta enquanto falava. As pegadas iam e vinham e ele parecia cada vez mais exaltado.

Vai ser discutido na justiça, inclusive também o que aconteceu com o boliviano aquele dia. Eu vi. Vamos ver se o síndico desse prédio de merda se safa. E você tava ali. Na coleira do Adriano. O cara queria me pegar no Acre, e nem a pau vão ficar achando que fui eu que matei o cara.

Cê tá louco.

Louco, é? Já dei queixa na delegacia, meu caro. Você tá fodido. E a Marcela agradece. Foi ela quem escolheu esse branco aqui e o lilás que tá naquela lata que nem abri ainda. Tô falando, você vai rodar.

15

Bom, vê se o clima melhora na tua casa. Dia desses vocês dois ainda se matam.

Foi o que ouvi do Décio quando nos cruzamos na porta do elevador mais tarde. Voltava da piscina, sentindo-me um pouco mais tranquilo depois de umas braçadas.

Vem cá, Décio, você não tem nada pra me contar, não?

Eu? Como assim, seu Oscar?

O Nelson e eu, a gente tá nessa situação. O cara é complicado, vai saber o que aconteceu com a mãe dele. Depois ele veio sugerir que tava ficando com a Marcela de novo. Bom, você sabe. Besta você não é.

Pois é, besta não sou mesmo.

Décio, desculpa, você sabe o que eu quis dizer.

É. Não sei e não vi nada, disse o porteiro.

Décio. Quando ele chegou aqui no prédio, faz um esforço pra se lembrar.

Não vi nada.

Décio, só eu que não pareço entender o que tá acontecendo aqui. Como foi que ela reagiu? Eles se encontraram na portaria e subiram juntos.

Eu vim trabalhar cedo naquele dia, a Marcela tava do lado de fora, chegando no prédio. Até me assustei porque o Nelson tinha chegado mais cedo, saiu pra dar um passeio, mas na volta resolveu sentar na sarjeta, do outro lado da rua. Eu tinha acabado de chegar à portaria, mas fui ver um negócio lá embaixo, na caldeira.

Eles te viram?

Não, acho que não. Deus me livre.

Só queria entender, Décio.

O Nelson pegou a Marcela pelo braço. Ela olhou pra ele, sem acreditar. Eu não sabia que eles se conheciam. Fiquei confuso, achei que fosse mais um gesto de violência gratuita do Nelson.

E não era?

Olha, eu não falei nada, hein? Se alguém perguntar, eu não falei nada. Não quero confusão pro meu lado.

Tá, Décio, pode ficar tranquilo.

Foi tudo lá na rua. Marcela deu um abraço nele, eles se abraçaram bem forte mesmo. Pareceu que ela tava chorando, limpou o rosto e ele lascou um beijo nela. Desculpe, seu Oscar.

Um beijo?

Não quero confusão pro meu lado, seu Oscar. É, na boca, na frente do prédio, contra o portão da praça. Eles não sabiam que eu observava tudo do fundo da portaria. Achei que tua mulher tava louca, Oscar. Então a Marcela puxou o Nelson pra atravessar a rua e entrar no prédio.

E você?

Passaram pela portaria, mas eu tinha descido. E pressentia confusão, né, seu Oscar? Olha, não fui eu quem falou nada aqui, hein? A Marcela chamou o elevador, mas o Nelson puxou ela pela escada. Juro pro senhor. Ai, desculpe, seu Oscar.

E aí?

Vem, sobe comigo, ele disse. A Marcela sorriu, como se estivesse totalmente perdida, ou impressionada de estar ali com ele. Entre o térreo e o primeiro andar, ela que foi atrás dele, queria mais um beijo. Foi e foi, tanto que o Nelson virou sua mulher de costas – de costas, seu Oscar – prensando ela contra a parede. Abriu o zíper da calça.

O que Décio me contava. Imaginei a boca do Nelson seca, como quando tirou saliva para massagear o pau na prisão espremendo o Josias.

E a Marcela?

A Marcela ficou quieta, quer dizer, bastante ofegante, né, acho que ficou sem saber como reagir. Olha onde a gente tá, ela falava cochichando. Vem mais pra cima. Sobe mais um andar. Puxou o Nelson pra cima, mais um andar, e ele voltou a prensar a Marcela contra a parede. Cuspiu saliva na mão. Vem cá, Marcela, ele falou, e enforcou ela no braço mesmo, disse que não queria nem um pio e enfiou na Marcela por trás.

Deixei de ouvir o que Décio contava. Pensei na Marcela, em como deve ter tapado a própria boca, a saia levantada até a cintura, se é que estava de saia, os olhos cheios de dor e de tesão. Nelson, chega, para, ela deve ter dito, mas Marcela mal conseguiria falar. Nelson voltava a cuspir na mão. Vem cá, abre pra mim.

Não conseguia parar de pensar no que Décio me contou. Senti o nariz escorrer, as lágrimas escapavam sem parar. Recuperei o fôlego para secar a cara. Segurei o peitoril da janela e bati no vidro com força.

Voltei a ver a cena da escada quando Marcela abriu a porta, fechando em seguida, cuidadosamente, com dois giros de chave na fechadura. A cada movimento que fazia, as pulseiras dançavam no braço. Ela as puxou para cima, o mais alto que pôde, perto do cotovelo. Contemplou-as na luz.

Sabe o que o Décio me disse?

Fala.

Vê se o clima melhora na tua casa. Dia desses vocês dois se matam.

Marcela riu. Foi uma risada explosiva, nervosa.

Não aguentei e a encarei. Sua presença era distante e magra, mas o olhar seguia ágil, tentava se situar. Tinha no rosto o calor soprado da correria. Seu cabelo estava suspenso em um coque. Marcela não entendia o que eu queria com ela dessa vez, qual era minha urgência em ser corrosivo daquele jeito, logo quando tinha chegado em casa no horário normal. Soltou o cabelo.

E aí?, perguntou, distraída. Não tá contente que tua mulherzinha chegou do trabalho?

Eu? Acho que você errou de porta. O Nelson tá lá, pintando o novo apartamento. Bom, nada que você não saiba.

Como assim?

Você é uma piranha mesmo, né? Pensa que não sei como você deu pro Nelson na escada do prédio? Na escada do prédio.

Seu olhar tranquilo foi secando. Marcela limpou os lábios e o queixo com as costas da mão.

É muita cara de pau.

Se não tem nada pra falar, Oscar, é melhor você ficar calado. Você sabe que eu posso ligar pra polícia pra te denunciar.

Que baixa que você é.

Ela sacudiu a cabeça com dificuldade, concordava consigo mesma. O boliviano.

Pode. Fica à vontade.

Eu vou.

Mal terminou de falar, fez uma tentativa de voltar ao mesmo assunto, completar a frase, com a boca ligeiramente entreaberta. Marcela cheirou a ponta do cabelo. Era uma mania sua, queria saber se pegara o cheiro de fritura da cozinha. O gesto automático me dizia que ela estava bastante nervosa.

O cheiro de tinta no apartamento vizinho substituía o cheiro de gás de duas noites atrás. Chegava pelas paredes. Pensei no branco do outro lado e logo no lilás. O amarelo-claro no nosso apartamento parecia encardido. Engraçado é que fora escolha da Marcela também.

Virou as costas, pegou um saco de pão de forma e, vagarosamente, preparou um sanduíche com uma só fatia de presunto. Pôs no prato, mas o deixou sobre a pia.

Come, falei.

Só não se estressa, Oscar. As coisas vão dar certo.

Corrigiu a postura, ajeitando o cabelo liso e comprido atrás da orelha, cheia de dignidade.

Que horas são, Marcela?

Por quê, Oscar?

Quando foi que você viu o Nelson da última vez?

Ontem.

Fala.

Fala o quê?

E aí?

Fiz as unhas.

Ah, fez as unhas.

Fiz. Marcela estendeu as mãos no ar.

Marcela foi uma das primeiras pessoas que conheci em Santos, quase na primeira semana em que me mudei para lá. Era uma menina da praia, um salpicado de sardas rosadas de calor. E os lábios caprichosos, ligeiramente inflados na parte inferior, pareciam esconder algo dentro da boca. Um chiclete.

A expressão no rosto lembrava um sopro quase contínuo, do mesmo jeito que entrara em casa, meio suada. O cabelo solto do coque balançava liso, tocando os ombros largos, enquanto o olhar sonolento voltava a indagar, junto com o queixo ligeiramente erguido. Cada vez que nos víamos, ela fazia com que eu me sentisse como um estranho.

Quando cheguei a Santos, senti afinidade com aquela moça caiçara, que me examinava como se farejasse uma presa. Era essa a imagem que vinha e eu não conseguia adivinhar se isso a projetava para mais longe ou para mais perto de mim, até que, por vergonha de perguntar seu nome, disse o meu. Oscar. Não sei por que meus pais me arrancaram da minha vida para me jogar em Santos.

Tá triste por causa do velório?

Come, Marcela.

Já vai.

Você não vai querer que eu acredite que quando o Nelson chegou no prédio tem um mês você perguntou pra qual andar ele ia, antes de apertar o botão do elevador.

Para de ser louco, Oscar.

Qual número mesmo? Qual botão você apertou?

Você sabe. O nono, Oscar.

Uma peça preta de dominó repousava contra a janela. Lembrei de quando era bem pequeno, que eu não percebia que cada peça era diferente. Brincava com elas postas em pé, uma atrás da outra, formando uma trilha pelo chão do quarto. Nem todas elas caíam. Algumas resistiam, isoladas.

Pois é, Oscar, ninguém é perfeito. As pessoas somem de vez em quando, ela disse. Eu também. O que me enche o saco é tua capacidade de estragar o bom humor dos outros.

Ah, sim, porque hoje foi um dia realmente carregado de bom humor. Ri muito no velório, depois quando o Décio me contou como te viu na escada com o Nelson. Devia ter chamado a vizinhança pra assistir.

Pra mim a conversa começa aqui. Se é pra explicar qual é o problema, pode falar. Se não quer falar, vou dar uma volta. É minha palavra contra a do Décio.

Marcela não disse mais nada. Pensei no apartamento da dona Vera, que estava no nosso nome, e na conversa que tive com Nelson, que ele poderia não só mover uma ação para tentar recuperar o imóvel, como poderia denunciar Adriano. E eu. Quis ligar para Adriano, mas não conseguia parar de olhar para Marcela.

Sei lá, Marcela, muito provavelmente você tá repensando nossa relação. Conheço muita gente que se separa por causa de outra pessoa, mas na hora de ir embora, acaba ficando sozinha. No teu caso, acho que você não ficaria com o Nelson. Se ele não te quis até hoje.

Chega de falar nele.

Lembra quando você ficou três meses sumida? Tua imagem na televisão. A Marcela, cadê a Marcela?

Essa era a ideia original. Sumir.

Sei. Daí esqueceu tudo quando resolveu voltar.

É.

Conta outra.

Bom, Oscar. Tô cansada. Vamos?

Aonde, Marcela?

Ela não reagiu, a não ser pela olhadela furtiva na direção do quarto. Tá tarde. Sorriu simplesmente, sem saber o que acrescentar.

Como assim? São seis da tarde.

Sei lá, Oscar. Tô cansada, quero dormir. Mas, se você preferir, a gente também pode não ir pro quarto.

Um frio perfurou meu estômago. Voltei a olhar fixamente para ela, pensando em como gostava de se esparramar pela cama, sob a luz dourada do fim de tarde. Nos tempos da quitinete, seu cheiro era de xampu de camomila. Usava o cabelo partido no meio, em duas partes exatamente iguais. Ela estava ali, com aquele modo inflamado de me encarar, cujo aspecto era de um tersol contínuo, e a distância que ela sentia de mim só aumentava a vontade de estar com aquela mulher.

Puxei para baixo a camisa que subia no meu peito. O vermelho dos meus olhos que ardiam ao sair da piscina levava horas para sumir. Às vezes machucava até depois do jantar.

A autora agradece aos amigos
Jussara Félix e Alexandre Bamba.

© Lucrecia Zappi, 2017

Todos os direitos desta edição reservados à Todavia.

Grafia atualizada segundo o Acordo Ortográfico da Língua
Portuguesa de 1990, que entrou em vigor no Brasil em 2009.

capa e projeto gráfico do miolo
Daniel Trench
fotos de capa
Bianca Vasconcellos
preparação
Silvia Massimini Felix
revisão
Ana Alvares
Renata Lopes Del Nero

Dados Internacionais de Catalogação na Publicação (CIP)
——

Zappi, Lucrecia (1972-)
Acre: Lucrecia Zappi
São Paulo: Todavia, 1ª ed., 2017
208 páginas

ISBN 978-85-93828-00-3

1. Literatura brasileira 2. Romance I. Título

CDD 869.3
——

Índices para catálogo sistemático:
1. Literatura brasileira: Romance 869.3

todavia
Rua Luís Anhaia, 44
05433.020 São Paulo SP
T. 55 11. 3854 5665
www.todavialivros.com.br

fonte
Register*
papel
Munken print cream
80 g/m²
impressão
Ipsis